L'Arcipelago
224

© 2015 Giulio Einaudi editore s.p.a., Torino
www.einaudi.it

ISBN 978-88-06-22276-5

Christian Raimo

Tranquillo prof, la richiamo io

Einaudi

Tranquillo prof, la richiamo io

Settembre

Non è molto importante il mio nome, ma mi piacerebbe che mi chiamaste Radar: c'è un motivo «personale», «sentimentale», che... ok, ve lo spiegherò in seguito.
Faccio l'insegnante. Anzi – diciamola meglio – io *sono* un insegnante. Il mio sangue è fatto del gesso che trasuda dalle lavagne. La mia carne è il succo della vita che sprigiona dall'inchiostro delle pagine sul registro. Il mio cuore batte all'unisono con l'eco delle campanelle.

Il mondo sta cambiando sempre piú velocemente. Alle volte l'unico albero a cui possiamo aggrapparci forte, per non essere spazzati via dalle incredibili trasformazioni che ci circondano, è il rapporto con i ragazzi.
Loro, i ragazzi, sono «il mio albero».

Per queste prime parole che volevo condividere con voi ho scelto un'occasione speciale. Oggi è il primo giorno di scuola. Come è mia abitudine all'inizio dell'anno, sono arrivato sul posto di lavoro alle sei e un quarto di mattina. Ho i miei «riti».
Aspetto che il custode mi apra, e poi salgo le scale ancora immerse nell'oscurità. I corridoi odorano di detersivo, e io inalo quell'odore come se finalmente ritrovassi un'energia smarrita dentro la memoria.

Mi piace vagare per la scuola ancora deserta, lasciare fuori la luce di questo settembre che, per usare un'immagine forse un po' forte, dà a ogni cosa un colore paglierino tipo bottiglia di Falanghina vista in controluce.

Durante l'estate la ditta delle pulizie ha tolto le cataste di volantini e i cataloghi delle case editrici, e adesso anche la sala insegnanti sembra un luogo dolce e familiare. Una specie di «utero materno».

Arrivo finalmente alle mie classi: la terza F, la quarta F, e la quinta F. I miei ragazzi, chissà come saranno quest'anno. Quali sogni avranno con loro, quali determinazioni, quanto conflitto e quanta conoscenza «passerà» per questi banchi...

Infine raggiungo la cattedra. La *mia* cattedra.
All'improvviso, ho una fantasia. Talmente violenta che sento l'obbligo di doverla assecondare. Potrei mettermi sotto la cattedra. E aspettarli qui, i ragazzi.
Perché no?
Mi accuccio. Da questa posizione, tenendo le gambe strette al corpo, riesco a vedere la classe da un'angolazione tutta nuova. In fondo, lo ammetto, sono emozionato.
Stanno arrivando.

- Ecco qua. Buongiorno, ragazzi, come state? Tutti abbronzati... Come sono andate le vacanze?
- Bene.
- Bene, eh? Vi siete divertiti?
- Sí, professore, grazie.
- Dài. Volete raccontarmi un po' che avete fatto, dove siete stati? Tu, Carlo, sei andato in Scozia come dicevi?
- Anche, sí.
- È andato tutto bene?
- Sí, grazie.
- E tu invece, Mara, dove sei stata?
- In Grecia.
- Ah, in Grecia... Bellissimo! Fantastico! E che giri hai fatto, che cos'hai visto?
- Varie cose.
- Hai visto il Partenone? Eh, l'hai visto?
- Sí, l'avevo già visto, prof.
- Che impressione ti ha fatto, eh? Come ti è sembrato?
- Prof...
- Dimmi Andrea, dimmi...
- Non è che potremmo cominciare la lezione normalmente?
- Sicuro, adesso cominciamo... Ma questo era per

riprendere un po' il filo, no? Tutti di nuovo insieme, per un altro anno... Oggi che è il primo giorno siamo qui per carburare... abbiamo appena iniziato. Non abbiamo ancora i libri con noi, e...
– Veramente noi ce li abbiamo, prof.
– Ma forse non tutti ce li hanno. Era per ritrovarsi...
– Ce l'hanno tutti, prof.
– Cosa?
– Il libro.
– Sí, certo, però magari c'era qualcuno che voleva riassestarsi un secondino...
– Vuole che le presti il libro, prof?

– Ragazzi, iniziamo bene l'anno, allora... Bentornati di nuovo a tutti. Prima di riprendere a spiegare, mi sono portato in classe due righe che ho buttato giú stanotte e che vorrei leggervi. È una cosa a cui tengo... Dunque, leggo: «Mi piacerebbe impostare diversamente il nostro rapporto. State crescendo, noi ci conosciamo ormai da un po'. Dunque non ha senso che ci sia un'asimmetria cosí smaccata: io il professore da una parte, voi gli studenti dall'altra. Credo che voi e io dobbiamo collaborare. Possiamo dare forma... a un Patto Educativo. È necessario valorizzare insieme una sincerità, una schiettezza, utile a entrambe le parti. Quindi vi dico, con il cuore in mano, che se ci sono osservazioni... anche polemiche, anche critiche... io sono qui. Il prof? Presente! Aperto, curioso. Perché occorre discutere, ragazzi. Occorre trasformare questo rapporto in uno scambio continuo, pieno di stimoli. Vi ho fatto delle fotocopie dove troverete la mia mail privata, il mio cellulare, il mio contatto su WhatsApp e quello su Instagram. Questo perché io dico: interfacciamoci al di là di cattedre e banchi, guardiamo anche al mondo esterno. Ho un sogno: questa classe dev'essere un laboratorio, un *work in progress*, in cui ognuno è un componente essenziale». Fine.

– ...

– Ecco qui. Ditemi già da subito, cosí a caldo, se avete delle cose di cui vorreste dibattere oggi... Oppure delle osservazioni, delle piccole richieste da fare per l'anno che viene.
– ...
– Non ve l'aspettavate, eh, questa sincerità? Sono un po' commosso anch'io, come voi...
– Io, prof, vorrei dire una cosa... Se posso essere diretto, come lei dice.
– Benissimo, certo. Dimmi pure, caro Federico.
– Vorrei che arrivasse puntuale a scuola.
– ... Scusami... Chi?
– Lei, prof.
– Ah, io... okay... Ecco, certo, è giusto... è giusto... Ma se vi ricordate ieri alle sette ero già qui.
– Il primo giorno, prof, poi sbraca completamente.
– Sí, alle volte è vero: faccio qualche minuto di ritardo... Partiamo però dal confronto di queste diverse prospettive... anche sul tempo tra docente e studenti... che non è tanto un aspetto quantitativo, ma qualitativo.
– Prof, lei arriva alle otto e venticinque quando va bene, della prima ora ne perdiamo la metà, stiamo a aspettarla senza far niente...
– Sí, Federico, giusto, allora adesso ti rispondo... Ma c'era anche Valentina che voleva dire una cosa... Valentina, prego.
– Posso essere schietta anch'io?
– Devi, certo.
– Parlo a nome anche di altri. Preferiremmo che in classe non stesse sempre col cellulare in mano.
– Ecco, sí... Questo, adesso che me lo dici... Ma c'è

una cosa da dire: è vero, mi vedi sempre con il cellul
in classe... In realtà io lo metto qui per vedere l'ora...
— C'è l'orologio dietro di lei, prof.
— Come dici?... Ah sí, certo, ma l'abitudine...
— Anch'io, prof, avrei una cosa da chiederle.
— Maurizio, dimmi dimmi.
— Volevo chiederle se può segnare i compiti sul registro. Lo lascia sempre in bianco, non capisco perché devo telefonare a questo o a quello se sono assente... Basta che faccia come gli altri professori.
— Ah... dici... È che alle volte, alla fine dell'ora, sono preso dalle belle discussioni che ci accalorano...
— A questo proposito volevo intervenire anch'io, prof... Posso dirle solo due parole?
— Certo Gianluca.
— Meno discussioni.
— In che senso Gianluca, perdonami...
— No, solo queste due parole, prof. Se le segni: meno discussioni.
— Anche diciamo rispetto al rapporto, quindi... L'interazione docente-studenti, dici? Intanto mi sto segnando tutte le cose che avete detto... Tutti stimoli interessanti... C'era qualcun altro che voleva intervenire, magari anche con altre idee...
— Prof?
— Dimmi, Emanuele... Vuoi ragionare pubblicamente sul bisogno di attenzione che voi ragazzi avete a quest'età? Sapete che io sono molto attento... Molto ricettivo, ecco.
— Volevo solo chiederle se cominciamo con Leibniz, ora.

Ogni inizio scolastico è sempre duro. Certo le vacanze sono un periodo importantissimo, nel quale però qualcosa si smarrisce: il senso d'appartenenza alla classe. Stimoli, stimoli, stimoli, e poi ai ragazzi che cosa rimane? Un pugno di mosche che gli solleticano la mano e lasciano «il deserto della mente».

Vi ricordate quel film meraviglioso, *L'attimo fuggente*? Ancora piango al ricordo delle centinaia di volte che l'ho visto. Che cosa offriva quel professore ai propri allievi se non la passione fino in fondo, il senso sacro della «vita della scuola»? Perché, se posso dirvi la Verità con la V maiuscola: una guida, questo vogliono i ragazzi. Ma anche un maestro, un amico, un mito.
Un capitano coraggioso, capace di buttarsi con incoscienza dentro i flutti del mondo e salvarli uno a uno dai «gorghi» del dolore sociale. Se non trovano questo capitano cresceranno soli e disperati.

Noi professori ogni tanto dovremmo prendere i ragazzi per mano, fargli sentire la nostra vicinanza. Guardarli negli occhi, fargli capire che le loro angosce sono le nostre, ma che insieme, infondendoci uno spirito di fratellanza, ogni paura del futuro può svaporare.

La verità è che certi elementi dalla scuola andrebbero eliminati.
Oggi, per esempio, ho perso tutta la giornata dietro al collegio docenti. Chiacchiere, burocrazia, «il brutto potere»... I collegi docenti sono l'«agglomerato assoluto» del nulla.

Per fortuna ho la capacità di «volare via» con la fantasia, e mentre i colleghi tipo la Romiti e Tassinari si scannavano sulle decisioni da prendere, io pensavo che tutte queste scartoffie che dobbiamo compilare per oscuri decreti ministeriali dovrebbero bruciare in un fuoco purificatore.

Basta registri, basta verbali da redigere! Vorrei strappare tutta questa carta in mille pezzettini, lanciandola nel vuoto interstellare e mostrare cosí la sua inutilità. A partire dalla pratica piú inutile tra tutte le pratiche inutili dell'asfissiante burocrazia scolastica: la programmazione.

Come si può «programmare» la vita scolastica? Siamo forse robot di un mondo distopico?
Dobbiamo essere capaci di «ascoltare il cuore» che batte anche in una classe chiassosa, e intuire quali sono i bisogni che albergano nel profondo dell'anima di ogni studente.

E invece ecco Canepari, quella d'italiano, che ciancia con me per fare delle lezioni multidisciplinari, o De Marchi, quella di inglese, che vorrebbe sapere se ho pensato a delle misure compensative per i ragazzi dislessici... Le vorrei rispondere: Sai qual è la mia misura compensativa? La meraviglia! Poter stupire i ragazzi e toglierli dalla routine suicida della loro vita di adolescenti, portare uno shock rivivificante!

Lo so, lo so che in questa battaglia sono solo... Ma so anche che alla lunga vincerò.
E i ragazzi tra vent'anni verranno a ringraziarmi.

– Prof, perché si è messo il lucido da scarpe in faccia?
– Ragazzi, oggi voglio parlarvi della discriminazione. E credo che solo impersonando fino in fondo le vittime dei pregiudizi possiamo capire il loro dolore… Dunque mi sono truccato da nero.
– Sí prof, però sulla fronte mi sa che l'ha messo male… E sulla guancia destra le si è tutto sciolto, è verdastro… Le sta colando, fa le macchie sulla camicia.
– Ok, ok, adesso mi aggiusto. Ragazzi, però vorrei questa cosa da voi: che vi concentraste sul simbolo…
– Ma non possiamo semplicemente leggere dal libro le parti sullo schiavismo?
– La cultura, Matteo, non sono solo i libri… Dammi un attimo il tuo libro, ti voglio far vedere una cosa…
– Va bene prof, basta che non me lo macchia col lucido.

– Scusate il ritardo, ragazzi, sono un po' trafelato… Non so se avete visto tutto il traffico che c'era oggi per chi arrivava dalla tangenziale, e con la manifestazione dei metalmeccanici, poi… Dicono che le fabbriche non ci sono piú, e però gli operai ci stanno ancora. Eh eh, è tutto incasinato…

– …

– È incredibile come questa città sia governata male, no? Dovrebbero mettere una bomba al Parlamento, poi vedi come sarebbe tutto piú libero… Invece ogni giorno aprono un cantiere… Insomma, sí, abbiamo perso qualche minuto.

– Trentasette minuti, prof, tra un quarto d'ora suona.

– Eh sí, voi c'avete il motorino… Dovrei farmi anch'io un motorino. Soltanto che per portare mia madre in giro… Ve l'ho detto di mia madre, no, che… Comunque, adesso mi sistemo un attimo e cominciamo… Eccoci qui… Eravamo arrivati all'unificazione dell'Italia, giusto?

– No, prof, su quello c'ha già fatto due lezioni. E poi oggi c'è filosofia, non storia.

– Ah, giusto, Federica, giusto… E dove eravamo arrivati in filosofia? Abbiamo cominciato Kant l'ultima volta?

– No, doveva ancora spiegare Leibniz.
– Leibniz, sí. E vogliamo partire leggendo dal libro la vita di Leibniz, cosí per orientarci un po'... due coordinate...?
– L'abbiamo già studiata a casa, la vita.
– Okay, c'è qualcuno che la vuole ripetere allora?
– Prof, può spiegare?
– Adesso, certo, spieghiamo... Ma volevo un secondo... volevo avere... che avessimo presente il contesto in cui si situa Leibniz. Vado un attimo a prendere il mio libro giú in sala insegnanti, cosí vedo meglio come ricollocare il vostro testo...
– Prof, visto che mancano dieci minuti possiamo utilizzarli per studiare per conto nostro?

– Prof, stiamo finendo il compito, può evitare di cantare?

Ottobre

Ieri era una mattinata ventosissima. Ho sentito alla radio che in tutto il Lazio si registravano raffiche a piú di 100 km orari. Venendo a scuola, osservavo incantato i filari degli alberi inclinarsi come se stessero facendo un trenino a una festa, e le nuvole che gli correvano appresso.

Quando sono arrivato in classe, per prima cosa ho detto ai miei ragazzi: Avete visto che vento che c'è fuori? Quanta potenza della natura? Loro sembravano perplessi, e a quel punto ho proposto: Ma perché non facciamo entrare questo vento? Spalanchiamo tutte le finestre! Spalanchiamo le porte! Facciamo corrente! Nutriamoci della forza di questo vento, impariamo a conoscere la natura, facciamo un'ora in classe cosí! Liberi di respirare, di essere sferzati da queste raffiche!

E sono andato avanti per tutta la lezione a parlare della natura e del Risorgimento (una lezione che ho improvvisato lí per lí, mentre il vento è come se mi rischiarasse le idee).
Nonostante le proteste di molti che si sono messi in un angolo con il cappuccio in testa, o che si lamentavano perché in quel modo le cose sul banco volavano

via, e non potevano nemmeno leggere un libro perché le pagine svolazzavano, ho continuato con il mio inno. Lasciamole volare!, ho detto.

Lasciamo entrare la natura nella nostra vita grigia.

– Allora, oggi interroghiamo.
– Prof, veramente aveva detto che oggi finalmente spiegava Leibniz…
– Ah, sí… Alla fine invece ho pensato di interrogare.
– Ma non abbiamo ancora fatto praticamente nulla, prof… C'ha dato giusto una letturina sull'Illuminismo.
– Vi chiedo quella, no? Cosí lavoriamo sull'esposizione.
– Faccia lei.
– Se no, vi posso sentire sul ripasso delle vacanze.
– Se no, può interrogarci e *poi* introdurre Leibniz?
– Veramente volevo fare delle interrogazioni cosí, un po' distese…
– Scusi, eh, prof… Non l'ha ancora preparato, Leibniz, vero?

– Casa Righi?
– Sí?
– Matteo?
– Sí, chi è?
– Sono il prof. Scusami se ti chiamo a casa, mi sono fatto dare il numero in segreteria.
– Ah, salve...
– Volevo chiederti un secondo una cosa... Una fesseria... Ti scoccia?
– No, prof, dica.
– È una domanda stupida, eh... Prendila cosí, piú come una curiosità personale...
– Non capisco, prof.
– Ma la professoressa De Marchi...
– Cosa?
– Dico, la professoressa De Marchi... Volevo chiederti cosí... Che cosa dice di me?
– In che senso?
– Matteo, ora non ti voglio mettere in mezzo, ma... Ecco, l'altro giorno passavo per caso in corridoio davanti alla vostra classe, no? E ho sentito, mi è sembrato, che la De Marchi se la prendesse con me...
– No, prof, ogni tanto si irrita che lei non firma mai il registro, che non segna mai le assenze... Che arriva

sempre in ritardo e tocca a lei, alla De Marchi, occuparsi di noi nelle sue ore.

– Ah, cosí... E lo dice davanti a tutti?

– Be', sí... Anche perché la De Marchi poi deve passare dieci minuti a compilare tutte le cose che lei lascia in bianco.

– Vabbè non mi far parlare, non mi far parlare... Scusami, eh, se me la prendo a cuore... Ma non è bello che si critichino i colleghi, no? Con gli studenti, poi... Non concordi?

– Non lo so, prof, sono cose tra voi docenti...

– È come se io mi mettessi a parlare con voi della De Marchi... Davanti a tutti, a sputtanarla con le cose che si dicono su di lei in sala insegnanti... Tu non le sai, meglio se non le sai... Ma ti assicuro, non sono cose belle.

– D'accordo, prof.

– E invece è giusto che tu le sappia! Sai che soprannome le diedero qualche anno fa?

– Senta, prof: davvero, non m'interessa...

– L'Aspirapolvere... E capisci a me... Pensa che nella gita a Parigi del 2009, voi non c'eravate, sai che fece? Si chiuse in camera con il professore di religione di allora. Era un vecchio, eh, pure un po' rincoglionito... Ma insomma, col prof di religione! E poi non so se hai mai visto quel tizio che la viene a prendere fuori da scuola... Sai che si dice di lui? Giovanni, mi sembra che si chiama, quella specie di ciccione sempre con la camicia di fuori... Giovanni o Giuseppe... Si dice che fa il cravattaro. Sai cosa vuol dire cravattaro? Che presta i soldi a strozzo... dico... E indovina chi è la sua migliore amica? La

professoressa Canepari, hai presente? Lo sai che porta sfiga la Canepari?...
 – Prof, sul serio, devo andare...
 – No vabbè, solo per dirti... Chi fa critiche poi magari è qualcuno che predica bene e razzola non male, ma malissimo... E non è educativo neppure per voi, non trovi?
 – Prof, devo attaccare...
 – E c'ho anche delle foto... Non farmi dire... Guarda, non te le mando giusto perché sono una persona professionale, elegante...

- Prof?
- Eh.
- Ma era lei che ieri mangiava da solo, in piedi, in uno di quei distributori automatici dalle parti di Tor Marancia?
- Eh?

– Allora, oggi spieghiamo Spinoza.
– Veramente, prof, Spinoza l'abbiamo studiato da soli per le vacanze.
– Certo, è vero... Però ho pensato che dobbiamo approfondire alcune questioni su cui non ci siamo tanto soffermati...
– Ma prof, perché neanche oggi andiamo avanti e facciamo Leibniz? Davvero ancora non l'ha preparato?

Oggi gli insegnanti non contano piú nulla. Sono smarriti, marginalizzati, delusi, cinici, depressi, frustrati... La loro dignità è calpestata, il loro ruolo è vilipeso. Sono sconfortati, avviliti, abbattuti, sfiduciati, sconsolati, pessimisti, desolati, prostrati, esauriti, e via via tutti i sinonimi che potete trovare in un vocabolario dei sinonimi. Ognuna di queste parole ci dice in fondo la stessa cosa: la nostra è una condizione terribile.

C'è una guerra contro noi insegnanti, un conflitto che lascia morti e feriti sul campo – anche se questi morti e feriti non si vedono. Riposano nel «campo della nostra anima», stesi per lungo, senza possibilità di rialzarsi.

Questa guerra sanguinosa è combattuta anche con le armi dell'economia. I nostri stipendi sono i piú bassi d'Europa da quando fu inventato l'insegnamento stesso.
Siamo considerati la feccia della società, come le caste inferiori dell'India.

L'unico modo per opporsi a questa strage è agire, come insegnava il Che... sí, proprio Che Guevara.
Conquistare palmo a palmo piccoli spazi di «resistenza», di libertà. Combattere.

La mia guerriglia, nel mio piccolo, la faccio da settembre a giugno. Per tutto l'anno scolastico noi insegnanti siamo tartassati dai rappresentanti delle case editrici, che ci consegnano le copie omaggio dei libri di testo, per farceli adottare. Io prendo tutto: nuove edizioni, testi multimediali, e quando riesco mi faccio mandare pure le vecchie edizioni.

Mi sono messo d'accordo con uno che ha una bancarella a Lungotevere, e gli vendo tutto al 25%. I libri sono come nuovi, e lui li può rivendere anche al 70%.

In questo modo riesco a integrare il mio stipendio, soprattutto da febbraio in poi, quando i rappresentanti delle case editrici ci tormentano per costringerci a cambiare i libri. Ogni mese mi faccio un 400, 450 euro in piú.

C'è un po' di lavoro da fare, sbianchettare qualche scritta «omaggio», tagliare i talloncini con impresso «copia campione», ma per il resto mi sono abbastanza organizzato. Alle volte quello della bancarella viene direttamente con il camioncino a prenderseli a scuola, io gli ho detto che deve spacciarsi per uno che li va a regalare alle biblioteche di periferia.

Questo genere di piccole battaglie invisibili sono quelle che noi insegnanti facciamo tutti i giorni. E che se messe una vicina all'altra formano una grande guerra. In nome del Che.
Senza perdere la tenerezza.

– Silvia...
– Sí, chi è?
– Scusami, sono il prof.
– Prof?!
– Proprio io, ti disturbo?
– No, ma... Come mai questa chiamata?
– Dicevo, non ti disturbo se ti ho telefonato sul cell? L'ho preso dagli elenchi del consiglio di classe...
– È successo qualcosa di grave?
– No, niente, era una chiamata cosí, amichevole.
– ...Okay.
– Stai bene?
– Tutto a posto, prof, ma... cosa voleva?
– Ti volevo chiedere una cosa: mi hanno detto che tu hai uno zio.
– Sí, prof, ho vari zii...
– Certo, scusami, ma... mi hanno detto di un tuo zio... *bravo*.
– Ma... bravo in cosa?
– Mi hanno detto che hai questo zio che si chiama Graziano Malavasi... e lavora al provveditorato a Roma... È vero? È tuo zio?
– Sí, certo: zio Graziano... E allora?
– Ecco, lui fa il responsabile dell'organico, vero?

– Non lo so, è il cugino di mio padre... so che lavora là.

– Senti, ti chiedo questa cosa in modo assolutamente trasparente, perché comunque tra di noi, anche in classe, c'è sempre stato un rapporto di correttezza estrema... di fiducia e di stima. E allora, proprio per rispettare questa linea di stima... Non so se tu... Ecco, come spiegarmi...

– Prof, io ora devo andare a nuoto... mi scusi... Se deve dirmi...

– Ah, fai nuoto... ecco perché quella disciplina... Brava... *Mens sana*, come si dice... Comunque, venendo al punto... Mi servirebbe un contatto diretto con tuo zio. Fra poco dovrebbero essere pubblicate le graduatorie definitive, no? E io vorrei capire meglio come poter inserire dodici punti in piú... Perché ci sono degli anni che risulta che ho fatto... anche se in realtà non li ho fatti... però adesso non ti sto a spiegare, che è complicato... Ma fanno un po' tutti cosí, eh, tranquilla... Comunque uno deve arrangiarsi perché questa è una giungla... pure tra noi professori... E magari se tu... Tu sei in buoni rapporti con lui, sí, con tuo zio? Mi sembra che siete una bella famiglia...

– Prof, non ho capito bene quello che mi sta chiedendo.

– No, dico, lo senti?... A Natale, o al compleanno... magari all'onomastico? Ora, non so esattamente quand'è San Graziano, non so neppure se è un santo... Ma insomma le ricorrenze, quelle robe cosí?... Ecco, io vorrei solo essere sicuro che vengano inseriti questi dodici punti aggiuntivi che mi servono a scavalcare anche quegli altri due imbecilli che stanno a scuola nostra... Campanile e Pastone... Non so se hai presente... Quelli sono prima di me in graduatoria, te ne rendi conto?

– Prof, non la seguo.

– Silvia, ti volevo solo chiedere questo. Se tuo zio è una persona come te, come i tuoi genitori... Intendo gentile, una persona corretta... Si vede che voi Malavasi siete comunque una famiglia sana, unita, con dei valori, dei bei valori...

– Senta prof, io devo proprio andare. Ci vediamo a scuola, eh? Cosí magari mi spiega meglio...

– Sí, guarda, mi serve solo che tu gli faccia una telefonata... Una telefonata. Semplice. *Drin, drin.* «Ciao, sono tua nipote Silvia». Poi mi dai un contatto...

– Le serve il telefono di mio zio?

– Ma non cosí... Non voglio essere invadente ed entrare nella tua famiglia, anche se evidentemente siete una bellissima famiglia...

– Prof, non la capisco...

– Guarda, intanto per ora ti dico solo: grazie. Buon nuoto, eh... *Ciaf, ciaf...* Ti chiamerò Sirenetta... Ti posso chiamare Sirenetta?

– Buona serata, prof.

– Prof, mi può interrogare di storia?
– …
– Prof, lascia stare un secondo Facebook e mi ascolta?

– Ragazzi, dato che l'altra volta ero assente e abbiamo perso molte ore, ho paura che rischiamo di restare troppo indietro con il programma... E quindi ho pensato che Leibniz alla fine lo saltiamo.
– Prof, veramente io l'ho studiato per conto mio. Non è che mi può comunque sentire?
– Ah... sí... Giulio, bravo, ma facciamo allora che ti sento giovedí prossimo, cosí lo prepari bene?
– Io preferirei oggi. Tanto sono preparato.
– D'accordo... dunque... Se vuoi... dimmi... Vuoi iniziare da... Dài, inizia da una parte a tua scelta...
– A me è piaciuta in particolare la sua filosofia della matematica.
– Giusto, Giulio, bella proprio...
– Il suo rapporto di confronto-scontro con Newton sul calcolo infinitesimale.
– Molto fica anche quella roba, sí...
– A questo proposito, prof, non ho capito bene dal punto di vista teorico come si è risolta la controversia...
– Be'... io direi... intanto tu inizia a esporre la questione... E poi io... Scusate! Mi passate un secondo il libro cosí vedo un attimo che taglio dà... Eh? Eh? Chi è che mi passa il libro?... Il libro!?

Oggi a scuola è successo qualcosa di «incantevole».
Invece di andare avanti con l'Ottocento (che secolo oscuro, tra l'altro! fetido di guerre!), ho pensato che fosse utile per i ragazzi confrontarsi in maniera piú diretta con il mondo che ci circonda. Il mondo che pulsa, che pulsa di linfa, e non muore sulla carta.
Quanta vita c'è nella vita! (Scusate il gioco di parole).

Dunque stamattina ho proposto alla classe di seminare dei semi di fagiolo nella bambagia.
Non è semplicemente un esperimento di scienze, ho detto, ma una maniera per ragionare oggi, in un'età difficile come la vostra, su cosa vuol dire «crescere».

Alcuni ragazzi, anche intelligenti e bravi, si sono lamentati. Hanno tirato fuori questo spauracchio che mette loro molta ansia: la maturità.
«Quest'anno abbiamo la maturità! Quest'anno abbiamo la maturità!» All'ultimo anno non fanno che allarmarsi, «spintonati» anche dai miei colleghi. Come se la maturità non passasse dal conoscere il modo in cui un seme si schiude e fa nascere la vita!

A ogni coppia di studenti ho distribuito una vaschetta trasparente di plastica, dieci fagioli secchi e dell'ovatta.

E poi ho scritto alla lavagna anche una tabella attraverso la quale controllare le varie fasi della crescita dei semini.

- i fagioli si spaccano
- spuntano le piccole radici
- spuntano le prime foglie
- le foglie diventano piantine
- le piantine si alzano
- le piantine per il peso si piegano
- spuntano altre foglie

Infine ho concluso scrivendo alla lavagna: «Ogni pianta che crescete, salvate il mondo (Gandhi)», anche se non so se la frase è proprio cosí, e non so neppure se l'ha detta Gandhi, ma mi sembrava comunque giusto dargli un segno di positività e coraggio.

È molto chiaro per me il significato di quest'esperimento.
Anche se borbottavano e strascicavano i piedi come al solito, vederli andare via con quella vaschetta trasparente sottobraccio, ognuno con la sua ovatta e i suoi fagioli secchi... Ecco, mi è sembrato un simbolo bellissimo della gioventú che ancora crede a qualcosa, e che come una radicetta fra qualche giorno spaccherà la pelle del fagiolo secco.

Credo che questa immagine rimarrà nella mia testa (e nel mio cuore) per molto molto tempo.

– Allora ragazzi, oggi mi piacerebbe intavolare con voi una bella discussione su quello che sta succedendo nella politica italiana…
– Prof, veramente noi vorremmo fare Crispi.

– Prof?
– ...
– Prof!?
– ...
– Prof, tutto a posto?
– ...
– Prof, ma s'è incantato?!
– ...
– Prof, che succede? Mi sta fissando da mezz'ora...
– ...
– Tutto bene?... Sta bene, prof?

– Ciao Andrea.
– Chi è?
– Sono il prof... Perdonami, mi sono fatto dare il tuo numero dalla segreteria con la scusa che ti eri dimenticato la giacca a scuola... Anzi, se ti chiedono qualcosa reggi la mia versione...
– Ma perché mi cercava?
– Perché... ho saputo...
– Saputo cosa, prof?
– Oggi ho notato che non c'eri. L'altro giorno avevi una faccia devastata. Ho chiesto qua e là. Ho indagato...
– Ma su che?
– Ho raccolto un po' di bigliettini che Chiara e Michela avevano buttato nel cestino... E alla fine ho capito.
– Mi scusi, prof, ma...
– So che non ne vuoi parlare, è normale, ma sappi che ho capito... È una faccenda tosta, me ne rendo conto, anche a dirla... La dico io al posto tuo, va': tra te e Caterina è finita... È vero?
– Sí, ma... Sí, prof, è vero... Ma...
– Andrea, lasciami dire, lasciami dire... So che fa male. E quindi adesso è inutile che minimizzi, che fai il

forte... Io ti vedo in classe... Io li *sento* i miei studenti, li *respiro*... E anche qui al telefono in questo momento inalo la tua sofferenza... Da quant'è che è finita?
– Il weekend scorso.
– Una ferita fresca.
– Sí... boh... guardi...
– Ti ha lasciato lei?
– Prof, è una storia... è una roba naturale... praticamente non stavamo piú insieme da... Al telefono è complicata, mi scusi ma...
– Quale storia non è complicata? Si dice che alla vostra età si soffre un giorno e poi si ricomincia... Ma io so che non è cosí... Posso sentire il tuo dolore dalle pause che fai al telefono.
– Quali pause, prof?
– Andrea.
– Cosa?
– Dài, abbassa le barriere. Ti posso garantire che, se ti dovesse servire, a questo numero trovi sempre il tuo prof... Un momento di solitudine piú acuto, uno di rabbia... Io ci sono.
– Sí, prof, ma davvero: non si preoccupi.
– Io mi *devo* preoccupare. Mi devo preoccupare per i miei studenti... È un mio obbligo morale... Ho un'idea olistica dell'educazione... Hai presente la piantina di fagioli che vi ho fatto piantare in classe? Ce l'hai ancora?
– No, prof... non so che fine ha fatto...
– Vedi, lo immaginavo: stai perdendo la voglia anche di curare le minime cose... La voglia di vivere. Devi ritrovarti, Andrea... Anzi, sai che ti dico? Lascia perdere l'introduzione a Kant per domani, non la fare. Stasera magari esci, divertiti... E se non te la senti di

venire a scuola, per me sei supergiustificato. Riappropriati del tuo dolore.

– Io Kant veramente l'ho fatto, prof… Anzi, avevo anche delle cose da chiederle sulla sua spiegazione che non mi tornavano…

– In questo momento capisco, ci sono un sacco di cose che non tornano… Non hai lucidità, ma non importa: nessuno ti giudica… Pensa solo che il prof c'è. È dalla tua parte.

– Va bene prof, anche se…

– Niente *anche se*… Andrea, fidati del prof. Ci sentiamo presto.

– Okay, come vuole… Arrivederci.

– Ciao, ragazzo ferito.

Il compito piú difficile, per chi insegna, è quello di accettare i fallimenti.

Spesso seminiamo, seminiamo... Ma seminiamo nel vuoto, è come se gettassimo un pugno di grano saraceno nello «spazio interstellare delle sinapsi».

A proposito di seminare: qualche giorno fa ho chiesto ai ragazzi ai quali avevo affidato le piantine di fagioli di portarle a scuola. Volevo confrontarle: quant'erano cresciute, quante foglioline avevano messo, se erano state innaffiate troppo o troppo poco... Intendevo confrontarmi con loro su tutte quelle «domande» che riflettono in realtà gli interrogativi che noi poniamo a noi stessi, con un misto di pudore e coraggio.

E invece: delusione!
Non punti interrogativi ho raccolto, ma punti esclamativi di sconcerto.
Nessuno aveva piú la piantina di fagioli a casa propria. Qualcuno mi ha detto che l'aveva regalata al nipote piccolo, qualcuno non si ricordava dove l'aveva messa, qualcuno l'aveva buttata perché puzzava...

Com'è possibile non ricordarsi dove si è messa la piantina!? Ho tenuto questa rabbia cocente dentro di me, provando a digerirla, ma non c'è succo gastrico che tenga di fronte a un «bolo» cosí duro.

E rimuginando rimuginando, sono arrivato alla conclusione che la responsabilità non è dei miei ragazzi, ma di questa società multitasking che velocizza tutto a velocità supersonica... Una società che ha fatto scordare ai giovani cosa significa aspettare, cosa vuol dire apprezzare la lentezza dei processi di crescita, che sono in fondo quelli della natura.

Certo, come può un ragazzo abituato ai ritmi di una PlayStation mettersi a osservare l'incredibile miracolo di una piantina di fagioli che sboccia e si sviluppa, se deve «finire un quadro»?

Purtroppo però questi ragazzi si renderanno conto troppo tardi che, a forza di quadri «da finire», la natura prima o poi si sbarazzerà di loro. E probabilmente solo di fronte alla morte si ricorderanno di quel professore illuminato che li invitava a riflettere e a «trovare» dentro se stessi una piantina, che nonostante tutto voleva crescere.

– Pronto?
– Sí?
– Parlo con un ragazzo un po' ferito?
– Eh?
– Andrea?
– Ma chi è?
– Sono il prof. Ti chiamo con il numero anonimo perché non si sa mai... Gli occhi indiscreti sono dappertutto, eh eh...
– Sono un po' impegnato, prof, la posso richiamare?
– Non ti disturbare. Che stavi facendo?
– Sono appena uscito dal cinema, mi dica al volo...
– Ah, sono contento che ti divaghi, che esci... Mi raccomando, non ti chiudere a riccio... Hai visto un bel film?
– Ho visto *Batman*...
– Ah, ottimo... azione, personaggi... Anche se Gotham City è sempre un ambiente cupo... Ma ti disturbo? Vogliamo sentirci magari piú tardi, cosí ci facciamo una chiacchierata con calma?
– Sto andando a cena, prof, se mi deve dire qualcosa, mi dica...
– Niente, niente... Volevo solo sapere come stavi.
– Mah... Normale, prof. Ci vediamo domani a scuola.

– «Chi dice mah il cuor contento non ha!» Sicuro che è tutto a posto? Oggi ho visto che in classe non c'eri. E ho pensato che potessi essere scivolato in qualche cammino di autoreferenzialità... Certo, se non vuoi venire a scuola qualche giorno per elaborare questo tuo lutto amoroso è legittimo... Ma appunto, ti dico... Non accusarti troppo, ecco.
– Stamattina avevo una visita medica, prof.
– Ti sei sentito male?
– No, un controllo per il menisco... Gioco a calcio.
– È una cosa psicosomatica?
– Il menisco?
– Ti voglio dire ancora una cosa. Posso?
– Dica prof, però si sbrighi, che sto con altra gente...
– Non ti trascurare... Non ti macerare, non compensare il pieno che avevi con il vuoto... Magari con l'autodistruzione... Ovvio, sei arrabbiato... Ma, ascoltami: non pugnalarti, non ti ferire piú di quanto lo sei già... Caterina, l'hai piú sentita?
– Devo attaccare, mi scusi...
– Dimmi solo questo... Anche se le domande fanno male, bisogna affrontarle: Caterina l'hai sentita?
– Prof, non è che fanno male... è che mi stanno aspettando...
– Dimmi solo un sí o un no.
– Massí, ci sentiamo... Non è che sia successo 'sto trauma...
– Ecco! Certo!... Adesso, io non voglio allarmarti... Ma a caldo non si sente la botta... Ti arriva dopo... Posso darti un consiglio?
– Prof, sí... rapidamente...
– Melatonina.

– Ma per cosa?
– Quando stai nel letto e rimugini e non riesci a prendere sonno e pensi a lei, prendi della melatonina... Non è chimica... La trovi in erboristeria. Sennò, io ne dovrei avere delle confezioni a casa... Te la porto. Oppure dello Xanax.
– Prof, ma io dormo senza problemi.
– Quello perché adesso sei in una fase di stordimento... È normale, la ferita è fresca e non senti ancora niente... Quanto è passato da quando vi siete lasciati?
– Ma non lo so. Due settimane...
– Sono pochissime, ancora pochissime... Sei ustionato, in pratica... Il tuo corpo per difendersi alza delle barriere...
– Devo attaccare...
– Anche questo è alzare le barriere, eh...
– Ma che alzare le barriere! So' due ore che le dico che devo attaccare!... Che cavolo, prof!
– Non ti preoccupare, Andrea... La conosco questa rabbia, e sono contento che finalmente esce! Anzi, ti dico, non la tenere dentro... Ci vediamo domani a scuola... Ciao, ragazzo ferito.
– ...

– ... L'opera piú importante di Leibniz è appunto la *Monadologia*, un'opera del... 1731, della quale adesso vorrei leggervi l'introduzione...
– Prof, veramente il libro dice che è del 1714.
– Ah, sí... È vero, ma... ma in realtà fu pubblicata postuma, ecco...
– Eh, ma qui il libro dice che fu pubblicata nel 1720.
– Scusa Giovanni, fammi dare un'occhiata al libro...
– È uguale al suo, prof.
– Ah, sí... è vero... mi stavo confondendo... Mi scusate un attimo... devo andare un secondo dalla preside... torno subito...
– Okay, prof, ma perché si porta il libro appresso?

– Ciao Andrea, sono il prof. Ti chiamo da...
– Prof, sono le dieci di sera...
– Ah, ma è una questione di due minuti, ti chiamo da un internet point. Non volevo che riconoscessi il numero e lo ignorassi... Mi senti bene?... Guarda, Andrea, ti volevo giusto salutare... sapere come stavi.
– Prof, sto come stavo stamattina a scuola.
– Sí, lo so, lo so... Ma io intendevo come stavi *con il cuore*.
– Ero qui coi miei, ci guardavamo un film...
– Sei ritornato al guscio famigliare, eh?
– Prof, io ci *vivo* con i miei!
– È normale che torni al guscio famigliare, perché hai ancora le ferite sanguinanti...
– Prof, non sanguino. Mi scusi ma ora la devo salutare.
– Stai attraversando la fase tre.
– Ma di che?
– La fase dell'irritazione. Dopo quella del dolore e quella della rimozione, stai arrivando alla rabbia. È un percorso impegnativo, tormentato, ma necessario... Sai quanto ci ho messo io a arrivare alla fase tre con Cinzia?
– Cinzia?... Prof, non la posso ascoltare adesso: il film sta finendo...

– Sai quanto c'ho messo? Indovina quanto c'ho messo...

– ...Ma che ne so, prof...

– Due anni, otto mesi e tredici giorni...

– ...

– ...E sai perché? Perché la giustificavo. Nonostante lei mi avesse fatto tanto male... Attenzione, ti dico queste cose non per parlarti di me, ma per evitarti di compiere gli errori che ho commesso io... Con le dovute differenze, eh... Io per esempio questa tua Caterina non è che l'ho messa a fuoco bene bene... È quella di terza H, giusto? Quella che sta in succursale? L'ho vista tre, quattro volte... A occhio, per fortuna, non mi sembra cosí rigida come Cinzia... Sai che mi fece Cinzia, all'epoca? Qualche mese dopo che c'eravamo lasciati, una sera andai a casa sua. Citofonai piú volte, e lei non mi aprí: non voleva parlarmi... Allora io riuscii a entrare nel portone del suo palazzo e finsi un malore... Feci finta di essere svenuto per le scale... Il portiere mi vide e prima provò a rianimarmi, poi chiamò l'ambulanza... A quel punto io cercai di dirgli che non era niente... Anzi, dissi al portiere: «Mi regga il gioco, sto cercando di far impietosire la figlia di Colangeli...» Ma il portiere era uno stronzo, e s'incazzò... mi stava per menare... Allora io andai a bussare alla porta di Cinzia, per dirle che il portiere mi stava aggredendo... E aprí il padre di Cinzia, che era un altro tizio autoritario... Imponeva il suo ruolo maschile su di lei. Io comunque non volevo spostarmi dalle scale, e allora lui mi prese di peso aiutato dal portiere... In questo modo fascista, no?... Ecco, tutto questo per dirti che l'errore di Cinzia era alla base... Che lei aveva fatto, dico, lo stesso errore tuo. Era tornata al guscio famigliare, e quel guscio si era trasformato in una trappola... A un certo punto lei si faceva scudo del padre e del portiere... E aveva minato il rapporto autentico con me... Capisci cosa intendo?

– ...

– Ci sei?

– ...

– Andrea?

– ...

– Ragazzo ferito?

– ...

Novembre

Oggi ho parlato con i ragazzi. Abbiamo dedicato un'oretta al nostro rapporto. Mi piace fare un bilancio tra un mese e l'altro. Fare un «tagliando», come dire. Senza lasciarsi travolgere dall'angoscia dei programmi.

Qualcuno ha sbuffato. So bene quant'è difficile «confrontarsi» alla loro età.

Anch'io ero cosí, un ragazzo riottoso. Ero un bel caratterino. Problematico, mi dicevano, e intendevano che dentro di me c'era già un bel «caos danzante».

Ma non sono mai stato privo di elasticità, e soprattutto una delle mie caratteristiche – il tratto che sia da ragazzo che da insegnante mi ha sempre contraddistinto – è l'ironia.

Mi piace quando c'è una «genuina» presa in giro, e amo gli scherzi.

Cosí oggi ho deciso di spronarli: «Cari ragazzi», ho detto guardandoli in quelle loro pupille piene del disgusto tipico dell'adolescenza, «fate gli scherzi. Fatene anche a me. Volete mettermi delle puntine sulla sedia? Fatelo. Volete attaccarmi un foglio dietro la giacca? Non vi starò certo a rimbrottare. Volete allacciarmi le scarpe tra loro senza che me ne accorgo, o ficcare delle gomme da masticare nel mio registro? Eh eh... mi farò una risata... Non ci dev'essere tra noi quel rispetto ipocrita che avete spesso sperimentato nei rapporti con gli altri insegnanti. Vorrei che in classe ci fosse anche, ogni tanto, un po' di sana goliardia. Pensate che alla vostra età anche noi ce ne inventavamo una al giorno... Al liceo i miei compagni, durante la ricreazione, si divertivano a pisciare nelle tasche del cappotto dei ragazzi piú piccoli. Qualche volta capitò a me, certo, pisciarono anche nella mia. Poi un'altra volta, credo fosse carnevale, un paio di miei amici non mi fecero trovare il motorino fuori dalla scuola. E qualche giorno dopo mi dissero: Se lo vuoi riavere devi darci trecentomila lire, trecentomila lire di allora. Io li elemosinai a mio padre, che non voleva darmeli, ma riuscii a fargli pena, e alla fine me li diede. Cosí loro mi restituirono il motorino, anche se tutto un po' distrutto. E senza il parabrezza, se l'erano rivenduto... Ma insomma, quello che voglio dire è che sapevo stare allo scherzo. E questa capacità non l'ho perduta».

– Buongiorno, ragazzi... buongiorno... E... mi scusi, chi è lei?
– Niente prof, è il fratello di Carlo...
– Salve, mi chiamo Gianluca.
– ... si sta laureando in lettere, l'abbiamo invitato noi per spiegarci un po' Leibniz... Non le dispiace, vero?

Caro Andrea,
 ti scrivo questa mail perché stamattina a scuola ti ho visto un po' «rintanato». Oggi pomeriggio ho provato a chiamarti tre, quattro volte: il cellulare squillava ma non mi hai risposto. Tagliare i ponti con il mondo esterno non è la strategia migliore per cercare di attraversare l'oceano paludoso del dolore, sai? Può darti lí per lí l'impressione di lenire le ferite, ma il sangue si rapprende e marcisce nelle cicatrici...
 Allora ho chiesto in segreteria il tuo numero di casa. Mi ha risposto tuo padre dicendomi che eri agli allenamenti di calcio, la qual cosa mi è sembrata – te lo dico con l'affetto autorevole che sai – una brutta modalità di connivenza da parte dei tuoi genitori. È controproducente che ti proteggano in questo modo, come dire, «a chioccia». All'ora di cena ho provato a richiamare a casa tua un altro paio di volte, sperando di stanarti. Mi ha risposto di nuovo tuo padre e io ho attaccato.
 Ora, sarò franco. Non voglio essere critico con i tuoi genitori. Ma in questi casi penso che una «figura terza» come quella di un insegnante è piú utile. Tienine conto.
 Da un punto di vista formale, non posso rimproverarti nulla. A scuola i tuoi voti – mi confermano anche i colleghi – sono «irreprensibili». Per quanto mi

riguarda, hai studiato tutta l'età giolittiana meglio di come pensavo (io non ho avuto tempo di spiegarla). Visto che posso fidarmi di te, ti voglio dire una verità che ho imparato con il mio lavoro. Un insegnante deve sapersi interessare non solo alla preparazione nozionistica dei suoi studenti: i nomi e le date, i *bla bla bla*, per me non hanno tutto questo valore. Un insegnante deve curare il vostro «benessere psichico». Non pensi che questo tuo studio assiduo, questa tua concentrazione in classe, questa tua disciplina, possano essere una chiara espressione di una rimozione, o per meglio dire di una compensazione?

Non sai quante volte anch'io, di fronte a delusioni sentimentali, ho pensato di buttarmi nello studio senza se e senza ma. Poi però, guardando nello specchietto retrovisore della mia vita, mi sono detto: cosa cercavo? Quello che è per te Caterina te lo può dare un saggio sulla Regina Vittoria?

Mi immedesimo con quello che provi, e non posso impedirmi di ripensare a Cinzia. Ti ho già parlato di questa ragazza, che per me è diventata «la ragazza» per antonomasia. Perdonami se insisto con gli esempi personali. Quando ero uno studente come te, potevo forse escludere Cinzia dalla mia mente con… chessò, un paio di pagine sulla Rivoluzione francese? Credo tu capisca cosa intendo.

In fondo l'unico modo per affrontare il nostro dolore, lo sappiamo bene, è rispecchiarsi nel dolore che hanno sperimentato gli Altri. Questi Altri, però, non sono esseri umani astratti. Sono persone con un nome e cognome, che hanno sofferto per persone con un nome e un cognome. Nel mio caso: *Cinzia Colangeli* (seppur a distanza di anni, a scrivere il suo nome, mi viene una specie di tunnel carpal-sentimentale alla mano).

Questa mail non dev'essere una paternale, semmai la chiamerei una «fraternale»... Capisci cosa voglio dirti, ragazzo ferito? Non considerarti una creatura sola che macina la sua sofferenza come un bruco nel fango. Tu non sei questo, soprattutto se hai la capacità di captare l'emozione umana che ti passa vicino.

Il tuo prof (che c'è)

– Dunque, ragazzi, per Kant l'intelletto è come il motore di una macchina: lo spazio e il tempo sono i pistoni.
– Non ho capito, prof, in che senso?
– Giovanni, non riesci a «vedere» l'esempio?
– No, prof, mi può spiegare meglio?
– I pistoni vanno su e giú no?
– Eh.
– Dunque lo spazio e il tempo sono le categorie che danno la forza al motore.
– Ma le categorie non sono un'altra cosa rispetto a spazio e tempo?
– Sí, ma questo era un esempio che... abbracciava un po' il tutto... Ecco, Giovanni, hai presente quando accendi un motore? Ci vuole la benzina. E la benzina è come la sensibilità dell'«Io penso» kantiano.
– Ossia?
– ... Be', la benzina entra nei pistoni, e brucia.
– E che c'entra Kant?
– Permettimi di fare un altro esempio... Noi tutti abbiamo bisogno di mangiare, no?
– Sí. Quindi?
– Ecco, se io ti dicessi «Mangia senza piatto», tu che diresti?

– Boh, non lo so, mangerei un panino...
– Bravo, e Kant in parte dice la stessa cosa: pensa che il rapporto tra fenomeno e noumeno sia come quello tra il pane e il prosciutto. Noi abbiamo forse bisogno del piatto per mangiare?
– ...Non la seguo, prof, davvero: non si capisce quello che vuole dire.
– Perché devi visualizzare l'esempio... Tu hai mai mangiato un panino senza mani?
– Eh?
– Con la forchetta. Hai mai mangiato un panino con la forchetta?
– Non lo so... Ma che c'entra?
– Ecco, la forchetta è superflua nel panino, e lo stesso vale per Kant e la metafisica, che va esclusa dal nostro processo conoscitivo...
– ...
– Giovanni, è una critica a Cartesio. No?
– Continuo a non capire.
– Vediamo... Tu a un coniglio se gli togli le orecchie che rimane?
– Anche basta, prof... Me lo vedo sul libro, grazie...
– Il coniglio senza orecchie, sanguinante... Che simbolo è? Voglio dire, rispetto al pensiero kantiano... Va bene, allora immagina di avere un orto con zucchine e melanzane... le zucchine sono lo spazio e le melanzane il tempo... tu però se vuoi un piatto di zuppa hai bisogno di entrambe...
– Le ho già detto grazie, prof. Lo studio da me.

– Coff... coff... avete visto?... Oggi sono arrivato puntuale, ragazzi... Giusto un po' di fiatone...
– Prof, è cambiato l'orario. Abbiamo scienze.
– Ah... E... scusate... e quindi?...
– E quindi che ne sappiamo, prof. In sala professori ci sarà l'orario nuovo: vada a vederselo.
– Va bene, grazie... Comunque avete visto... Apprezzate l'impegno, dico... la puntualità...
– A dopo, eh, prof.
– È che ho un po' di fiatone... ma non... preoccupatevi... L'importante è esserci, mostrarvi la... mia... presenza di spirito... Nonostante... vabbè... meglio che non vi dico...
– A piú tardi, prof, abbiamo scienze.
– Ok... ok... ottimo... ok.

Da un po' di tempo ho un problema, che riesco con difficoltà a condividere con qualcuno.

Mi sveglio nel bel mezzo della notte e ho il cuore che mi batte piú forte del previsto. Sembra che il petto stia per esplodere, come se dentro di me ci fosse un grappolo di bombe al plutonio… Deve passare almeno un quarto d'ora buono prima che riesca a riaddormentarmi.

Qualche giorno fa, in questo stato di «spaesamento del me», mi sono trascinato a fatica in una farmacia. Mi hanno voluto misurare la pressione. La dottoressa mi ha detto che è leggermente alta: 130 di massima e 90 di minima. Io l'ho guardata negli occhi, e poi le ho chiesto: – È sicura?

Lei si è un po' risentita, mi ha consegnato il foglio con i valori aggiungendo che dovrei fare piú moto, passeggiare di piú, e mangiare meno la sera.

Forse mi ha voluto «tranquillizzare», ma è abbastanza chiaro che o non era esperta del suo mestiere o mi stava nascondendo qualcosa. Il mio cuore è il mio cuore e non mente, e checché ne dica la macchina piú sofisticata della postmodernità contemporanea, so quanta pressione c'è dentro di me.

Sto nascondendo questo problema ai miei studenti. Sto cercando di minimizzarlo: non è bene che loro si allarmino. Un professore dev'essere sempre una figura di riferimento. Qualcuno che sappia dimostrare come affrontare tanto la salute quanto la malattia e il dolore, e anche l'«abisso» della morte. Non voglio che abbiano un'immagine di me fiaccata dalla malattia, un'immagine di un me arreso nei confronti delle intemperie della morte feroce che con i suoi gangli si attacca al mio cuore e me lo sbomballa.

Bisogna essere forti, come dicono del resto molti proverbi latini che potrei citare a memoria. Ma soprattutto bisogna saper guardare in faccia i propri studenti anche nel momento del trapasso che non sappiamo dove ci coglierà... Magari nell'aula, ancora con la penna in mano, il registro sulla cattedra con la firma che abbiamo cominciato a scrivere e che poi resterà sbafata in eterno.

«Caterina, buonasera... ciao. Tu non mi conosci, sono il professore di storia e filosofia di Andrea, il tuo ex-ragazzo... Mi sono fatto dare il tuo numero dalla professoressa Quagliozzi, con una scusa. Ho provato a chiamarti un po' di volte tra ieri e oggi... Non ti ho mai trovata, e quindi ti lascio questo messaggio in segreteria. Ora, la prima cosa di cui ti volevo rassicurare è che quest'interesse nei confronti tuoi e di Andrea non è una questione di invadenza, né di imposizione... Io non sono il tipico professore normativo, quello che dice agli studenti: "Si fa *cosí*", "Si fa *colí*"... Mi piace la dialettica, il dialogo... Senza dialogo che rapporto c'è? Comunque, ti volevo dire che questa telefonata non viene certo da uno stimolo di Andrea. Anzi, lui non sa nemmeno che ho cercato il tuo numero... È un bravo ragazzo, sobrio, prudente. Anche se in questi giorni, in forma non verbale, mi sta lanciando dei segnali d'attenzione... È una pena vedere un ragazzo tanto in gamba ridotto cosí. Non sto certo dicendo che sia colpa tua, non so nemmeno come sia andata la vostra storia... Chi ha lasciato chi. Ma in queste situazioni, si sa, le responsabilità sono sempre a metà...

E penso che anche tu magari starai soffrendo... Fidati, io i ragazzi li capisco. Alle volte ho consigliato ai miei studenti di darmi un soprannome... Gli ho detto: "Chiamatemi Radar... Perché io *capto*". Ecco, Caterina, tutto qui, ti volevo dire solo questa cosa sobria, molto formale, non invadente... Mi piacerebbe che tu in qualche modo ti chiarisca con Andrea. Vi confrontaste sulle motivazioni della scelta che avete fatto... Se volete, anzi, io sono qui. Posso in qualche modo fare da mediatore... So intuire la psicologia dei ragazzi... Come un radar, appunto... eh eh... Comunque, ora hai il mio numero... Se ti serve un parere, un consiglio... Non ti fare scrupoli... L'ora, la timidezza... "Lo disturberò?"... "Starà cenando?"... Tranquilla, chiama quando vuoi... Ciao Cate».

– Ciao a tutti ragazzi, ci vediamo domani...
– Arrivederci, prof.
– Ehi... Ehi, scusami, Giulio... Non è che rimani un secondo, volevo dirti una cosa.
– Prof, mi scusi, sono un po' di fretta. Ho scherma alle due... È per la questione dell'assemblea?
– No no, non è una cosa di scuola... Volevo condividere un fatto semplice... personale, direi.
– Cioè?
– Da qualche giorno ho un passo piú affaticato... parlo piú piano... Alle volte la voce è un sussurro, forse l'hai notato.
– Veramente no.
– È perché sono molto bravo a camuffare, a tenere su la mia corazza... e invece...
– E invece?
– Ti rivelo una cosa, ma vorrei che rimanesse privata... Forse l'hai già capita.
– Che cosa, prof?
– Fa piú male a te che a me...
– ... che vuol dirmi? Mi scusi, ma devo scappare.
– È una di quelle cose che non sono facili da dire...
– Ma allora non può dirmelo domani?
– ... Domani... sí, certo... nessun problema... Anche

se ogni giorno è un terno al lotto... tutti siamo appesi a un filo, ma alle volte questo filo si assottiglia, e...
– Prof, non la capisco...
– Lo faccio per voi. Ho pensato che a voi ragazzi serve anche visivamente una persona che esprima coraggio, che mostri la forza esteriore... Che ne pensi tu, come studente?
– Ma di cosa?
– Il prof, il *vostro* prof che vi sembra sempre invincibile, imbattibile... una roccia nel mare burrascoso, nasconde un cuore debole. È ormai qualche giorno che sento che batte all'impazzata... Che potrebbe scoppiare e io potrei accasciarmi come una larva morta sulla cattedra... Il mio cuore, il mio vecchio cuore... ha degli scompensi...
– Soffre di aritmie, prof?
– Ho la pressione impazzita. Oggi ho chiamato anche mia madre, per condividere questo momento difficile con lei... Vi ho mai parlato di mia madre?... ve ne devo parlare... anche lei si è impressionata a sentirmi cosí... con la pressione che mi rendeva debolissimo...
– A quanto ce l'ha?
– 90 la minima.
– Vabbè, quasi normale... appena un po' alta.
– In realtà, non vorrei preoccuparti, ma alle volte arriva a 95... chissà che non sia di piú.
– E allora la controlli... Si prenda una roba, una medicina.
– Probabilmente è tardi, ormai credo che il mio cuore sia rovinato... e non ho voglia di sottopormi a un trapianto... un trapianto per il mio vecchio attrezzo... E i farmaci... che dirti... credo siano degli inutili placebo.

– Non lo so, prof, pure mia zia soffre di pressione alta... si prende il Penteldan, mi sembra. Una pasticca la sera, una la mattina... Sta bene: fa nuoto, va in bici...

– Sono contento che tu non ti faccia prendere dallo sconforto... e per questo, Giulio, ho voluto confessare solo a te questa mia condizione... Mi raccomando non rivelarla agli altri... ma soprattutto stai vicino ai tuoi compagni piú deboli...

– Senta, prof, io...

– Non dire niente, davvero: sono io che ringrazio te. E senti, se mi dovesse succedere qualcosa... so di essere una guida per molti di voi, un mentore... Forse addirittura un padre. E posso dirtelo, Giulio: la perdita di un padre, anche se non è il padre naturale, non è facile da affrontare.

– Okay, prof, io non so che dirle... forse dovrebbe sentire un cardiologo... Ora io la saluto che ho scherma.

– Ciao, ragazzo. Sii forte.

– Prof, posso farle una domanda?
– Certo, Adele.
– Il libro, quando affronta la deduzione trascendentale, dice delle cose completamente diverse rispetto a quelle che ci ha detto lei.
– Sí?... Forse perché usa delle parole magari un po' fumose... È un libro, mica è un discorso vivo.
– Non so... Mi scusi, posso leggerle un pezzo?
– Prego.
– Quando dice «Abbiamo visto che ogni sintesi dell'intelletto, con cui si rappresenta un oggetto, dev'essere sottoposta all'unità dell'autocoscienza e che questa condizione viene soddisfatta attraverso l'uso delle funzioni logiche del giudizio. Ora, le categorie non sono altro che i concetti ricavati dall'applicazione delle funzioni logiche del giudizio alle intuizioni dei sensi. Perciò Kant conclude che "tutte le intuizioni sensibili sottostanno alle categorie"...» Ecco, prof, lei ci aveva detto l'esatto opposto.
– Ossia?
– Ci aveva detto che le sintesi dell'intelletto *non* devono essere sottoposte a nessun giudizio...
– Eh. Quindi?
– E quindi qui afferma il contrario...

– Ma qui dove?
– Nel libro, prof! Il pezzo che le ho appena letto! Lei aveva detto che non c'è nessuna unità dell'autocoscienza, mentre il libro dice di sí!
– Fammi capire bene...
– Glielo rileggo, prof?
– No, è che queste nuove edizioni, coi libri che cambiano di continuo... Magari c'è una parola diversa, una virgola messa male, e stravolge tutto il senso...
– Mi scusi, prof, ma io parlo proprio del contenuto. Ad esempio: le categorie sono innate o no?
– ... Quali categorie?
– I concetti puri dell'intelletto! Prof!
– Okay, Adele, ma non diventare aggressiva... Altrimenti poi non riusciamo a capirci.
– Quindi?...
– Quindi adesso sta finendo l'ora, ed è meglio far passare quest'aggressività negativa che si è creata. Tu non sei bendisposta e io nemmeno, e magari questa questione la possiamo affrontare con calma la prossima volta.
– Mi può dire solo se sono innate o no?
– Troppa aggressività... scusami... non ce la faccio...

«Cate, ciao, sono sempre il prof di filosofia e storia di Andrea... Non so se hai ascoltato il messaggio che ti ho lasciato in segreteria martedí scorso, verso le cinque e quaranta... Comunque, se per caso non l'hai sentito, te ne lascio uno piú stringato, piú diretto... Insomma, ho saputo di questa rottura tra te e Andrea... L'ho visto accusare il colpo, ho *sentito* il pathos che sprigionava dai suoi occhi... Ho una sola domanda: perché hai lasciato Andrea? Te lo sei chiesto? O ti ha lasciata lui?... Un giorno ti sembra che tutto vada bene, e all'improvviso tutto crolla e ti ritrovi in mezzo a macerie marce e putrefatte... E ti dico questa cosa per esperienza personale... eh eh... Anch'io ho avuto storie d'amore che magari sono finite senza un perché... Secondo me tu e Andrea vi dovreste parlare... trovare una forma di comunicazione che vi tiri fuori dalla vostra rabbia individual-generazionale. Spero che tu mi riesca a capire come io capisco te... Ciao, Cate».

Stamattina ho condotto un esperimento. Anche se siamo molto in ritardo sul programma, ho pensato quanto fosse inutile spiegare *La critica della ragion pratica* se quelle cose che Kant dice sulla morale non cominciamo ad attuarle nella vita di tutti i giorni.

Ho chiesto ai ragazzi di spostare tutti i banchi liberando il centro dell'aula, e ho poi ho detto loro di disporre le sedie in circolo. C'era fastidio nei loro occhi, ma dietro quel fastidio della superficie oculare io sapevo scorgere – spalmata sulla loro retina – una voglia di confronto generazionale ancora imberbe, come un minuscolo feto di un cucciolo di mammifero.

L'esperimento funzionava cosí: il primo ragazzo doveva pensare una parola e poi sussurrarla nell'orecchio al compagno vicino. Questo a sua volta doveva passarla al secondo, e via via al terzo, al quarto... Fino all'ultimo che la doveva dire ad alta voce, cosí che noi potevamo sentire che parola era. E se corrispondeva alla parola iniziale che aveva pensato il primo.

Uno dei miei studenti, Gianluca, mi ha detto: – Prof, ma è il gioco del telefono, lo facevamo alle elementari...

– Già, – gli ho risposto, – questo era il senso. Rivitalizzare la vostra memoria perduta dell'infanzia.

– Prof, – mi ha detto sempre Gianluca, polemico come un tipico adolescente che rimugina la sua rabbia nascosta nell'esofago, – ma guardi che non è perduta per niente, io l'infanzia me la ricordo bene.

– Non capisci, Gianluca, è proprio quella capacità di condivisione che hanno i bambini che dobbiamo riprenderci.

– ...

«Caterina scusami... mi senti con un po' d'affanno... ma non ti preoccupare... Sono sempre il prof di filosofia e storia di Andrea... Ti avevo lasciato quattro, cinque messaggi in questi giorni nella segreteria... Quindi questo messaggio è solo una precisazione che credo però sia necessaria... mi è venuto il dubbio che tu pensassi che io in questa vicenda mi stia prendendo a cuore soltanto le sorti di Andrea perché è un mio studente. E non c'entra nemmeno, anche qui non vorrei che tu equivocassi, non c'entra nemmeno un mio intrinseco maschilismo... Nessuno è piú femminista di me... Anche se non ti conosco ho sempre cercato di dimostrarti un grandissimo rispetto e una assoluta volontà di ascolto, ma soprattutto un senso di parità, ecco... di equilibrio tra le ragioni tue e quelle di Andrea. Siete di due generi diversi, certo, ma per me tutte le razze sono uguali, cosí i generi... maschili, femminili, omosessuali... Pensa che anni fa sono stato il primo a fare una lezione sull'omosessualità di Hegel e di Garibaldi. Forse avevano una relazione insieme, avevo trovato questa notizia su un sito di studenti... e mi era sembrata interessante, no?... Tutto questo per dire che non vorrei che il fatto che tu non abbia risposto ai messaggi fosse dovuto a una lettura fuorviante delle mie parole... Io maschio alfa che difende uno del suo branco... Per me, come dire, siete tutti animaletti uguali... Dài, scommetto che hai capito... Ciao Cate... Ti voglio bene».

«Caterina, buongiorno... Scusami se ti lascio questo messaggio in segreteria... l'ennesimo, dirai... Ma mi è venuto il dubbio... temo che nelle cose che ti ho detto, forse, hai trovato... qualcosa di... non lo so: molesto? poco convincente? egoistico? Immagino che queste tue mancate risposte ai miei messaggi siano dovute proprio a quest'elaborazione... Temo di aver sottovalutato l'impatto che su di te ha avuto la separazione da Andrea... Magari se ne avessimo parlato faccia a faccia anche solo cinque minuti, ti avrei potuto dare dei consigli... Cosí ho pensato: volete venire un giorno tu e Andrea a chiacchierare fuori dalla scuola?... Vogliamo andarci a fare una birra insieme?... Sí, puoi pensare che sono un professore un po' fuori dagli schemi... eh eh... Anche a me piace pensarmi cosí. Ti ricordi di quel soprannome che ti avevo detto, Radar? Non so se avevi sentito quel messaggio... Comunque... bando alle ciance... mi sono dilungato anche stavolta... ma credo fosse necessario per dire delle cose importanti. Quando uno ci tiene deve pesare bene le parole... che cosa abbiamo, a parte le parole? Come diceva Wittgenstein: "Noi siamo le parole che siamo fatti"... cioè... non proprio cosí, adesso non mi ricordo bene la citazione precisa ma il senso era questo... Dài, tutta forza... ti auguro il meglio, Cate, te lo meriti...»

È già un periodo difficile. Ogni cosa sembra andare in salita o storta. Forse è l'influsso negativo della Canepari. Sono bastate due ore di compresenza, ed ecco che l'aura nera della jella mi ha acchiappato, e ancora non mi abbandona... Stamattina, poi, è successo qualcosa che ha reso tutto persino piú difficile.

In classe, verso le dieci e mezza, ragionavamo in maniera tranquilla e con grande sentimento relazionale dei Simple Minds. Si trattava di una discussione che avevo voluto aprire io, perché ho scoperto che molti ragazzi ignorano la musica degli anni Ottanta, e non hanno mai sentito nominare dei gruppi come i Toto o i Tears for Fears... A parte il dover stare appresso ai programmi, questo mi è sembrato un grande buco didattico. Gli avrei voluto mostrare sul cellulare il video di *Shout*, anche se molti si erano messi le cuffie per estraniarsi con i propri libri, quando all'improvviso sono stato colto da un senso di stanchezza.

Non l'ho dato a vedere, ho cercato di mantenere una postura efficiente e l'autocontrollo: una parte del mio io sussurrava nell'orecchio interiore «È solo sonno, è solo sonno...» In effetti, tra una cosa e l'altra, ero stato su internet fino alle quattro di notte, e poi mi ero dovuto alzare alle otto e mezza per stare a scuola alle nove (anche se alla fine ero arrivato un po' in ritardo). Nonostante fosse vero che avevo dormito poco, c'era un'altra parte di me che non si convinceva di questa autospiegazione: e se questa, mi sussurrava una pulce nell'orecchio che forse era una pulce salvavita, non fosse solo semplice stanchezza ma l'allarme che il tuo corpo ti sta dando per l'arrivo di un infarto?

Allora mi sono seduto e mi sono azzittito.
Ho pensato che le parole che avrei potuto pronunciare da quel momento in poi potevano essere le ultime del mio passaggio terrestre. Dovevo meditare bene su cosa dire.

Qualche studente ha provato a stuzzicarmi: nell'aura del mio io arrivavano parole alate come se provenissero da un'altra dimensione. «Tutto a posto, prof?» «Che c'ha sonno, prof?» «Posso anda' al bagno, prof?» Ma io non rispondevo, interiorizzavo nella mia anima il senso del cordoglio che magari questi ragazzi ingenui avrebbero provato di lí a qualche minuto... Nel momento in cui un fiotto di sangue mi sarebbe salito alla gola e avrebbe scosso come una tempesta di pugni malsani il mio corpo carnale.

E poi ho chiesto, sempre in un sussurro, ad Angela, al primo banco, di accostarsi alle mie spoglie e provare a sentirmi il battito del polso.
Quando Angela mi ha detto: – Prof, a me sembra regolare, – io ho percepito distintamente che le sue parole ormai non si riferivano piú al battito specifico

del mio polso. Intendevano agganciare l'interezza del battito galattico, in cui tutti noi, adulti e ragazzi, studenti e insegnanti, uomini di questa terra e non, risuoniamo volenti e nolenti, nel tremore dei giorni che oggi ci sono e domani sono un enorme punto interrogativo seguito da molti dolorosi puntini di sospensione..
....

– Professore.
– Sí, chi è?
– Sono Andrea.
– Andrea! Chiamami prof! Questo è il tuo numero di casa?
– Sí, prof...
– E come stai? Non sai quanto sono contento del significato simbolico di questa chiamata... Ti stai aprendo, eh? Stai passando alla fase due bis: il confronto con gli altri... il cameratismo... E insomma, adesso non ti devo chiamare piú ragazzo ferito, eh eh...
– Prof.
– Hai capito che certe dritte che ti ho dato erano utili?... Vero?... Mannaggia a te... mannaggia...
– Prof.
– Secondo me anche il racconto della storia tra me e Cinzia ti è stato utile, no? Confrontarti con gli esempi di altri... proprio il confronto generazionale che i media dicono che non esiste...
– Prof, la chiamo per un motivo semplice.
– Dimmi, sono qua... sono contento... Sento che hai anche una voce piú seria, matura...
– Prof, deve smettere di lasciare messaggi in segreteria a Caterina.

– …
– Non pensavo fosse necessario fare questa telefonata.
– …
– Ho aspettato un po' prima di farla.
– …
– L'ho anche difesa, a un certo punto, prof… Capisce?
– …
– Ma Caterina mi ha detto che…
– … ti… ti ha detto che… le ho lasciato un paio di messaggi in segreteria?
– Ventisei, prof.
– Okay, ma alcuni erano semplicemente dei PS, delle precisazioni… cioè facevano parte di un unico messaggio precedente…
– Prof… Ha sentito ieri tutta la segreteria… L'aveva già svuotata la settimana scorsa… Si è molto inquietata…
– Ma quindi siete tornati a parlarvi?
– Che vuol dire?
– No, dico… sono contento che comunque… magari da quest'equivoco è uscito comunque un elemento positivo… Vi siete telefonati, no?… Sono contento… Chissà… questo forse è il mio lascito su questa terra… ti ho già parlato dei miei problemi di cuore?
– Prof, ora…
– Comunque a parte i miei problemi di cuore… Dal letame nascono i fiori, si direbbe…
– I messaggi in segreteria, prof.
– Hai ragione, Andrea, hai completamente ragione… Ma non pensavo che Caterina si potesse inquieta-

re. Anche per questo non ti ho detto niente... temevo fosse controproducente... Del resto lei non comunica, *tu ora sí*. Ma non ti preoccupare, ho recepito al volo... Non è un caso che mi chiamino Radar...

– Prof, io...

– Ti prego, non aggiungere nulla: io e te c'intendiamo anche nella comunicazione non verbale, Andrea. Nessun messaggio in segreteria, né telefonate,... nada de nada... nothing of nothing... kaputt... Capisco che Caterina si sia irritata, ma il mio intento didattico generazionale era...

– Prof, veramente mi sono irritato anche io.

– Ma no, Andrea, sbagli: la tua adesso è una questione di orgoglio... ma l'orgoglio, stammi a sentire, alle volte va messo da parte... Comunque penso che sia meglio per tutti che la finiamo qui, certo. Se voi vi sentite fra voi, il mio compito a questo punto è quello di arretrare... Ma senti, toglimi una curiosità: tu e Caterina che vi siete detti?

– Prof... adesso proprio...

– Giusto, giusto... Ora un po' di privacy... E ora che non ti devo piú chiamare ragazzo ferito, come ti posso chiamare? Ragazzo cicatrizzato?...

– ...

– Comunque è bello quando si fanno vive le persone che pensavi di non sentire piú, eh? Quella freccia che buca la mongolfiera della solitudine...

– ...

– Andrea? Andrea? È caduta la linea?

– Ragazzi, forse sapete che questi sono stati giorni di meditazione per me… Giorni in cui sono stato a un passo da quello che è il mistero del cosmo… Per questo ho pensato che nel caso, adesso non vorrei spaventarvi, ma se fate un secondo silenzio, vorrei dire una cosa a tutta la classe. Anche perché ho saputo che girano vari soprannomi sul mio conto. Ho saputo di certe scritte in bagno, che presumo siano dirette a me… Ecco, io non voglio assolutamente limitare la vostra libertà in un ambito come quello della goliardia. Penso anzi che sia una pratica molto sana, quella di prendere in giro i professori… Non vi sto a raccontare che, quando avevo la vostra età, ero proprio rinomato per trovare dei nomignoli perfetti ai professori. C'era per esempio quello di matematica che era uno che urlava sempre, sapete come l'avevo soprannominato? Munch… come *L'urlo* di Munch… un'idea credo, alla luce di oggi, molto arguta… Ce n'era un'altra di scienze che diceva sempre «Ragazzi, gli appunti… dovete prendere appunti…» Ebbene, io l'avevo chiamata l'Appuntata… E poi c'era quello di italiano del ginnasio che si chiamava di nome Erminio che era diventato per tutti… Erminiottone… questo piú greve certo… ma efficace, no?… Ecco, tutto questo per dirvi che secondo me il soprannome piú giusto per me e con cui vorrei mi ricordaste sempre anche quando per un motivo o per l'altro non ci vedremo piú è: Radar... Corto, va dritto al punto e poi racconta anche una serie di cose della mia personalità... e poi è anche un po' ironico, no? Sembra un supereroe mascherato... Radar... che dite?... Facciamo che ci pensiamo un po'... e io faccio finta che se per caso trovo una scritta in bagno, oppure vi sento confabulare fra voi... «Radar»... «Sta arrivando Radar»... eh eh... faccio finta che non sia un'idea mia... e ci rimango anche un po' stranito...?

- Prof, le sta squillando il cellulare.
- Ah, sí, scusate... non avevo spento. Fatemi un po' vedere chi è... ah, ma è Alessandra! Meglio che non rispondo. È una tizia, come si dice... già mi ha chiamato ieri... eh eh... Bisogna farsi desiderare, no?
- Prof, lo può mettere muto?
- Lo metto in vibrazione, che cosí vedo se questa tizia ci casca e richiama...
- Prof, ma stiamo facendo il compito...
- Sí, sí, continuate... è giusto... Adesso scrivo un messaggio ad Alessandra. Le scrivo che la chiamo dopo, un messaggio che dice e non dice eh...
- Ma non può spegnere, mi scusi...
- No, secondo me è una tecnica troppo drastica... Poi sembra veramente che l'ho fatto apposta... quasi un rifiuto, no?

– Ciao Andrea.
– No, non sono Andrea.
– Non è casa Marchini?
– Sí, è casa Marchini.
– Cercavo Andrea…
– Sono il padre. E io con chi parlo invece?
– Sono il suo professore di filosofia e storia…
– Ah, proprio lei aspettavo.
– Mi aspettava… che vuol dire?
– Vuol dire che forse non si rende conto, professore, che sta esagerando.
– …esagerando in che senso, mi scusi?
– Andrea mi ha detto delle telefonate, dei messaggi in segreteria: a lui, alla sua ex ragazza… Mi ha detto che non può accendere il telefono che trova una sua chiamata, e poi ci sono tutte quelle mail…
– No, mi scusi ma di mail ne ho mandate solo due. Due di numero, eh… O forse tre?
– Senta, professore…
– Ma mi chiami pure prof, oppure se le piace Radar, che è come mi chiamano i ragazzi… Insomma, possiamo darci del tu, tanto credo che abbiamo la stessa età… E anzi, permettimi di dirti che forse abbiamo

lo stesso obiettivo, anche se lo vogliamo raggiungere in modi diversi...

– Deve solo smetterla di chiamare, di voler sempre dire la sua a proposito di questa storia tra mio figlio e Caterina...

– Ti prego, davvero: dammi del tu. Siamo due adulti, fatti e vaccinati... Anzi, mi sono fatto l'idea che ci somigliamo anche... Sei dell'Acquario?

– ...

– Comunque hai ragione: devo smetterla di chiamare, l'avevo anche detto a Andrea in segreteria che l'ultimo sarebbe stato proprio un messaggio definitivo... Anche perché mi sembra che lui sia ormai avviato a un percorso autonomo di rinascita, di riequilibrio.

– Allora perché ha chiamato, mi scusi?

– Guarda, in realtà sono contento di poter parlare con te di questa questione educativa... Confrontarmi con i genitori mi appassiona quasi quanto confrontarmi con gli studenti, sai? Il mio obiettivo è la felicità di Andrea e di Caterina, ma anche di Manuela, Francesca, Giovanni... ecccetera eccetera eccetera... La felicità di tutti i miei studenti, anzi: di tutti gli studenti, pure quelli non miei! Questo dev'essere l'obiettivo di un professore... Ma anche l'obiettivo credo di un genitore. Io non ho figli, ma non sai quanto è importante per un ragazzo che genitore e insegnante stiano sulla stessa lunghezza d'onda... Ti posso dire un giudizio spassionato su Andrea? Un ragazzo d'oro... Io l'avevo visto che con questa storia di Caterina si era appassito... Certe cose alla loro età le sanno piú gli insegnanti con cui si confidano che i loro genitori, ormai.

- Senta: non deve telefonare mai piú ad Andrea, chiaro?
- Ancora con questo «lei»... Comunque, me lo puoi passare solo un secondo, giusto per dirgli una cosa chiarificatrice?
- Stiamo andando a tavola.
- Una cosa di scuola per domani, allora... Guarda, solo una precisazione sulle pagine che devono portare per domani... che... pronto?... pronto?... papà Marchini?

Dicembre

Ciao a tutti ragazzi,

scusate se vi scrivo alla vostra mailing-list interna. So che vi avevo detto che l'avrei usata solo per le emergenze, ma questa credo sia un po'... un'«emergenza emotiva».

Comunque le cose le sapete, forse. Io, il vostro prof, il vostro prof che affronta mille sfide, è ancora un po' preoccupato per la sua salute. Anche se non voglio scaricare questa mia preoccupazione su di voi, che siete già pieni di ansia per le interrogazioni e gli esami, penso che per la sincerità del nostro rapporto sia un dovere morale condividere certi passaggi fondamentali della mia vita.

Come vi avrà già detto la preside, nei prossimi dieci-quindici giorni non ci sarò perché devo fare un piccolo intervento. Il medico mi ha consigliato di rimanermene un po' a casetta...

Nelle settimane passate, forse vi ricorderete, ero molto affannato, e il mio cuore era un pugile spompato. L'impegno, lo stress di questo mondo iperveloce «incide» anche su una scorza dura come la mia. Mi sono fatto decine e decine di analisi, perché volevo non trascurare nessuna pista, anche se tutti mi dicevano che era solo un problema di pressione alta.

Ebbene, in una di queste analisi ho scoperto di avere un altro piccolo problema... Non è niente di grave, state tranquilli, anche se si tratta di una zona del corpo un po'... delicata.

Non voglio annoiarvi con termini tecnici, e non c'è bisogno che cerchiate su Google «fimosi».

Che dire? È una bella pauretta. Stare sotto i ferri non è mai piacevole, anche se ormai certe operazioni le fanno di routine. Se volete venirmi a trovare, mi trovate al San Camillo, in via Gianicolense. Non so bene ancora in che reparto, forse Uretrologia, a patto che esista... Vi volevo dire che mentre la lama inciderà penserò anche a voi, all'affetto che mi dimostrate tutti i giorni...

Ah, comunque, mi dicono che verrà una supplente a sostituirmi. Ogni volta che penso alla parola «supplente» mi viene un sorrisetto... Ma forse voi non condividete con me il culto per le commedie degli anni Settanta... Eh eh! Mi raccomando: trattatela il meglio possibile, non fate pesare i paragoni. «Il nostro prof diceva», «Il nostro prof faceva», «Il nostro prof invece»... Non siate troppo polemici: sono solo quindici giorni, passano in fretta.

Mi ritroverete a breve, sano e «funzionante».

Mi faccio da solo il vostro «in bocca al lupo», e insieme a voi idealmente mi rispondo: crepi!

A presto, ragazzi!

       Il vostro prof (che tiene duro)

«Luca scusami se ti mando questo sms un po' lungo. Te lo mando in quanto rappresentante di classe. Se vuoi inoltralo agli altri. Mi farebbe molto piacere. Sono le»

«22,36 e come sai sto in questo letto di ospedale. Domattina mi operano. In quel punto un po' delicato che a te, in quanto maschio, direi anche ma che forse»

«è meglio avere un po' di pudore. Invece volevo dirvi solo che in questi giorni non sono riuscito a controllare la mail e quindi se mi avete scritto per informarvi»

«sulla mia degenza o per "manifestarmi" solidarietà e affetto, io purtroppo non le ho viste. Posso però dirvi che le ho "pensate" le vostre mail. Per certi versi»

«anzi le ho lette mentalmente. E mi hanno fatto molto piacere. Vi ringrazio tutti. Immagino anche che in momenti come questi quella formalità che divide studenti»

«da professori scompaia in una nuvola di giusta empatia. In fondo non siamo tutti esseri viventi fragili? Non siamo un po' tutti dei contenitori di lacrime pronti a "spruzzarne" in certi» «momenti? Non vedo l'ora di tornare in classe con voi e ridere di tutto questo. Delle garze, della padella, del pappagallo, della mia semifimosi. E magari»

«mischiare queste risate con Schelling o Fichte... Non sarebbe bello? Arrivederci ragazzi».

Qui, nell'ospedale, mentre tutto è spento e tutto è silenzioso, e io non posso parlare con nessuno, e non posso usare nemmeno il telefono mi hanno detto, solo mandare qualche sms – lumino nella tenebra – e intorno a me sento solo persone che russano, non ho mai provato un dolore e una solitudine cosí infame.

Non si dovrebbero trattare gli esseri umani cosí.
Lasciarli qui ridotti a «degenti». Ossia a cosa? A prigionieri, questa è la verità.
Cos'è questo ospedale se non la copia del carcere di Alcatraz?
Non vorrei piangere, ma è l'unica risorsa che mi rimane. Piango dentro, mentre l'infermiera come una carceriera mi cambia la flebo. Sul soffitto le incrostazioni si allargano, io le guardo quasi sperassi in fondo al cuore che il soffitto si spacchi e una mano mi salvi.

Una mano di un grande orso morbido e forte.
Potrebbe prendere la mia, e portarmi lontano da qui.
Questo grande orso buono che immagino ci sia oltre il soffitto è l'unica compagnia che ho in queste notti sudate di dolore e angoscia.

Grande Orso Buono, chissà se mi ascolti.
Chissà se capti le onde emotive di Radar.
Io penso di sí.

Luca, finalmente ho accesso a un computer con internet. Sono spossato, ma non voglio lamentarmi. La mia tempra è «granitica». L'operazione è andata bene. Sono «integro». Puoi dirlo tu a tutta la classe?

Il tempo vuoto della degenza mi ha fatto riaccedere un po' al mio substrato, la «substantia», direbbe un Aristotele mescolato con sant'Agostino. E quindi ho scritto alcune poesie che mi fa molto piacere condividere con voi.

Puoi inoltrarle agli altri?

Poesie per la mia classe

Poesia n°1.

Sale. La ferita si secca.
Dove c'era vita che marciva
ora ci sono i punti.
Ho conosciuto il silenzio della stanza silenziosa
dove ho incontrato i miei pensieri
che sono traslocati sempre al mio passato,
non-luogo di cattedre e lavagne,
come un selvaggio barbarico che corre muscolare
nel mondo delle idee.
Siamo solo pelle e carne martoriata nelle viscere dalle mani
di un demiurgo-chirurgo?

Io no. No. No. Sono un uomo che si aggrappa
ai sogni scivolosi come salviettine rinfrescanti.
E poi, forse, si lib(e)ra.

(N.B. Quando parlo di «non-luogo di cattedre e lavagne» non intendo essere offensivo nei vostri confronti.)

Poesia n°2.

Incontenibilmente atarassico,
ferita non sarai la mia Adua.
Ho imparato dagli stoici
non solo la logica dei sillogismi nel
primo volume del manuale,
ma anche il potere potente del logos,
che risuona nel mio addome
come un cane che bussa alla porta blindata.
Hai fame? Ora devi aspettare.
Anche io ho i miei bisogni e aspetto.
Non posso nemmeno andare al bagno,
timore è il catetere, realtà
la padella, o spegnere questa luce di neon,
quando arriverai Grande Orso Buono,
quando arriverai?

Poesia n°3.

Impotente al destino crudele,
affranta non cerco la quiete
leopardiana. Mi viene voglia
di strappare la siepe di
questo brodino della sera
con la mia forchettina di plastica.
Tutto vanamente.

– Prof.
– Ehi, Giorgia, che felicità sentirti!
– Quando torna a scuola?
– Non vi preoccupate, tempo una settimana e mi rimetto in sesto. I punti mi fanno un po' male, però...
– Faccia con comodo, la supplente è molto chiara. Ci ha rispiegato anche delle cose che con lei non avevamo capito. Ha detto pure che lei ci ha dato un sacco di appunti con le date sbagliate. E che non si può spiegare la rivoluzione scientifica a partire dall'interpretazione di Croce!
– Ah, be'... ottimo, poi ne parliamo... Allora quando torno facciamo una bella verifica di quelle nostre...
– Non so se ce ne sarà bisogno. La supplente ci interroga tutti i giorni, e anzi: dice che le ha messo in ordine il registro, che come lo tiene lei non ci si capiva niente...
– Ahi.
– Che c'è prof?
– Niente, solo una piccola fitta di dolore... La ferita, sai...
– Va bene. Ho una chiamata in attesa. Arrivederci.
– Giorgia...?

«Ciao Luca, ti lascio questo messaggio in segreteria in quanto rappresentante di classe... Avevo provato a chiamarti un po' di volte, ma poi ho pensato che forse era tardi e non eri riuscito a rispondermi... Lo capisco. Come credo che tu capisca me che passo le notti insonni, smarrito nel dolore irrisolvibile. In questa settimana di mia assenza vi ho pensato molto, e ho capito anche il valore di certe cose che vi ho citato in classe, come le *Lettere di condannati a morte della Resistenza italiana*. Se volete "mettervi in contatto" con me in questi giorni di lontananza, vi invito a farlo riprendendo in mano quel libro. Eppure in tutto questo dolore, mentre i punti mi tormentano come mille soldati nemici contro di me, io non smetto di tirare dritto, come ho insegnato anche a voi, quando abbiamo studiato lo stoicismo... Scusa la brevità del messaggio, ma mi manca il fiato. Quel fiato del coraggio che è il riflesso di infiniti spiriti che nella storia hanno affrontato prove simili alle mie. Buonanotte, Luca, infondi questo spirito anche a tutti gli altri tuoi compagni».

– Salve prof, sono Carolina. In classe abbiamo ricevuto tutti una serie di messaggi allarmanti, o per sms o in segreteria... Volevamo sapere come stava.
– Meglio, grazie di avermi chiamato Caro. Sono tornato a casa, e già aver lasciato quella camera d'ospedale mi fa sentire piú vicino a voi...
– Bene.
– Comunque le voci che girano sul mio dolore non sono infondate, sai... È una ferita dolorosissima, che non riguarda solo il corpo ma si estende in molte direzioni personali... Non voglio farvi preoccupare, ma si tratta di un dolore che credo difficilmente un essere umano potrebbe sopportare, e che io invece sto affrontando... Del resto mi conosci, sono un leone che ringhia... E tu? Come andiamo... riesci a ingranare con la supplente? Sarà tutto un po' complicato... e soprattutto noioso.
– No, va tutto benissimo. Pensi che finalmente riesco a seguire le spiegazioni di filosofia.
– Che ti dicevo, a un certo punto il meccanismo si sblocca... e ti sembra tutto piú facile... Adesso che state facendo?
– Ci sta facendo leggere Francisco Suárez, le *Disputationes Metaphysicae*, ci fa fare un confronto con Cartesio.

– Suárez… Suárez…

– Il latino è un po' difficile, ma quando uno ha capito certi termini specifici, diventa abbastanza chiaro. Dice la prof che se torna prima, voleva farci fare un piccolo saggio in classe.

– Ah… Va bene. Lo state leggendo in latino?… Come hai detto che si chiama l'opera che state leggendo?

– Le *Disputationes Metaphysicae*. La prof ci ha dato delle fotocopie. Ma lei ce l'avrà, no?

– Eh?… Sí, certo… Devo un po' vedere dove. Grazie, Caro.

– Se vuole poi la richiamo e le dico le parti che stiamo leggendo. Ma praticamente la nostra è una lettura integrale.

– Ok, ci sentiamo quando vuoi. Un consiglio, un problema, il prof è qui…

– Va tutto bene, non si preoccupi.

– Ci sono, addolorato ma presente. E il mio numero di casa ce l'hai…

– Okay, si rimetta.

– Sono qui, davvero per qualsiasi qualsiasi qualsiasi cosa.

– …non c'è bisogno, prof.

– Qualsiasi. Ci tengo…

– Prof.
– Sí?
– Salve, sono Arianna. Scusi se la disturbo a quest'ora...
– Ma figurati! Come stai tu? Sai che oggi riesco ad andare in bagno senza bruciore? Scusa se ti dico questa cosa intima. Ma è un miglioramento importante...
– Prof, la chiamo a nome della supplente. Ha detto che ha provato a rintracciarla ma non l'ha mai trovata.
– Alle volte non riesco a rispondere, sí, scusati con lei... Come va, tutto bene? Dimmi.
– Niente, la prof le voleva dire che cercando i nostri compiti nel suo cassetto, ha trovato una scatoletta di Simmenthal aperta e un paio di calzini sporchi.
– Ah sí? Strano... Forse... è vero... È che dovevo toglierli... evidentemente ci dev'essere stato un disguido... Non so se sono miei... Sei sicura?
– Prof, che vuol dire che non sa se sono suoi? Sono dei calzini sporchi. Voleva sapere se poteva buttarli.
– Buttare cosa? I vostri compiti?
– ...
– Arianna, era una battuta...
– ...
– Sono sofferente ma ho ancora il senso dell'umorismo... Che calzini sono?

Un rimorso terribile mi assale ogni giorno che passa, in quanto so che i miei studenti soffrono. Anche coloro che non se ne rendono conto, soffrono per la mia mancanza.

Questo è il peccato piú grave che può fare un docente: lasciare soli i propri ragazzi. Ecco perché sono convinto che una riforma scolastica, per potersi definire tale, dovrebbe eliminare la figura dei supplenti. E lo dico anche se nei primi anni della mia carriera scolastica ho fatto anch'io il supplente. Però, a differenza di molti miei colleghi, interpretavo quella funzione come se fossi l'insegnante titolare, familiarizzavo subito con le classi che mi venivano assegnate, fin dal primo minuto consideravo «miei» gli alunni.

Uno Stato degno di questo nome, nel caso di assenza prolungata di un docente, dovrebbe pensare prima di tutto alla continuità didattica. Dovrebbe permettere agli studenti di poter fare lezione a casa dell'insegnante impossibilitato a esercitare in classe.

Se fossi al ministero, valuterei almeno la possibilità di fare delle lezioni via Skype nel momento in cui noi docenti non possiamo essere fisicamente a scuola.

E invece passano i giorni, e solo la forza dell'intensità che ho inserito nel rapporto con i miei studenti non fa precipitare questa situazione. Osservo sconsolato l'abisso di abulia e disperazione in cui navigano i miei allievi, popolato da inutili supplenti che cercano di succhiare loro l'anima e poi di sputarla in fretta, come saliva abbandonata sul cemento di un marciapiede.

– Prof, buonasera, la disturbo?
– Ciao Nicola, come va?
– Tutto bene. Lei sta meglio?
– Grazie, sí. Mi fa piacere che possiamo parlare un po'...
– No, le rubo solo trenta secondi.
– Non preoccuparti, ho davanti tutto il pomeriggio.
– Volevamo chiederle quando tornava.
– Ah, presto... penso presto. Credo già la settimana prossima, sai?
– Ecco, proprio per questo le volevamo chiedere... La supplente ci ha cominciato a spiegare Fichte. E poi dovremmo fare Schelling e Hegel, no?
– Be', sí... Bello Fichte, eh?
– Molto, sí. E proprio per questo... Siccome ci stiamo lavorando parecchio, e la prof ci ha detto che questi tre filosofi sono collegati a tutta la nascita del pensiero idealistico... Ecco, volevamo chiederle se potevamo continuare a farli con la prof.
– Eh? Non capisco...
– Le chiedevamo se potevamo fare con la supplente questa parte dell'idealismo.
– Ma... intendi con delle ripetizioni?
– No. In classe, prof.

– ...
– ...
– Non capisco, Nicola, perdonami...
– Vorremmo che la supplente restasse a farci lezioni per questa parte dell'anno. Spiega molto bene... e in vista dell'esame è fondamentale. Tanto tra un po' è Natale...
– Davvero, non riesco a capire bene quello che mi dici, forse sono ancora un po' sottosopra per l'intervento... Scusami... Ma penso che non sia veramente possibile. Anche perché ci sono proprio delle regole legali per cui io devo rientrare comunque in servizio...
– A questo proposito noi abbiamo parlato anche con la preside, per la questione della presa di servizio... Abbiamo cercato una soluzione, chiedendo alla preside se la scuola ha delle aree scoperte, delle incombenze che potrebbero essere assunte... per il buon funzionamento dell'istituto, ecco. E alla fine la preside ci ha detto che effettivamente ci sarebbero da schedare i libri della biblioteca scolastica...
– La biblioteca?
– Lei ci ha sempre detto che ha la passione per i libri... Non è vero, prof?

– Massimiliano...
– Sí?
– Ti disturbo? Sono il prof. Scusa per l'ora, so che stai per entrare a scuola... Ti volevo chiedere solo una cosa al volo.
– Dica.
– Ti volevo chiedere se quando avevi cinque minuti mi potevi dire che cosa avevate fatto di preciso con la supplente, cosí per capire meglio quando torno da dove ricominciare...
– Sí, prof, certo... Ma perché non glielo chiede direttamente lei alla supplente, scusi?
– No, non mi andava di disturbarla. È che abbiamo un po' due stili educativi diversi, ho capito, e quindi...
– Comunque, senza che glielo riassumo male io, può andarselo a vedere su internet. La supplente ha caricato sul sito della scuola una serie di report che ha fatto di ogni lezione, in cui ci sono tutte le slide e tutti i file interattivi della lavagna multimediale... Vuole la password per la modalità remota?
– Ah, usate la lavagna multimediale?
– Sí, la prof ha reinstallato una versione di Linux perché dice che non le va di lavorare con un ambiente proprietario, e quindi ci ha messo a disposizione degli

account per poter fare dei report collaborativi... Una specie di Google doc, ma senza Google. Ci sono comunque le relazioni che quattro di noi, a turno, fanno sull'argomento trattato, e poi ci rilavoriamo tutti in cooperative learning. Ha presente Henry Jenkins, prof?

– ...

– Comunque è tutto spiegato sul sito. C'è anche un bel po' di webgrafia e videografia, fatta ad albero in modo da essere consultabile senza perdersi. E sugli ultimi temi abbiamo anche cominciato a mettere delle cose in inglese e in francese... Perché la prof ha deciso che ogni quarto d'ora alla fine della lezione la facciamo in lingua... Cioè, lei ci parla in inglese o in francese. E poi per esempio abbiamo ascoltato delle lezioni di Marion in francese su Descartes... Ne abbiamo discusso a lungo, lei che ne pensa di Marion?

– ...

– Prof, mi sente?

– Ah sí, scusa... Ero... Marion, dici? Non ce l'ho precisamente a fuoco, ecco...

– È quello del *cogito herméneutique*...

– ... sí, sí, certo... E che avete detto?...

– ... anche se a dire il vero l'espressione è di Jean Greisch... Comunque le dicevo, trova tutto là. Ed è ovviamente una piattaforma aperta, lei non so che sistema ha sul suo computer, ma basta che si fa dare un account e una password dalla supplente e cosí può farsi un'idea... Ora mi scusi che la lascio ma devo proprio entrare...

– ... Ecco... perfetto... che dirti, Massimiliano, grazie... allora...

– Buona giornata, prof... Ah, a proposito, noi abbiamo filosofia alla terza ora, quindi se si vuole collegare sul sito c'è anche la possibilità di seguire la lezione in streaming. La prof l'ha fatto per gli assenti... Non lo so, veda lei...

– Sí, allora vedo, che oggi... non so... sono ancora un po' dolorante, è il tempo, forse... Ti ringrazio.

– Di niente, *à bientôt*...

– Gabriele...
– Chi è?
– Gabriele... Gabriele...
– Ma chi è? Che succede?
– Sono il prof... Gabriele...
– Prof, sono quasi le undici di sera... Ma perché ansima... sta male?
– No, scusami, è una sofferenza non fisica... Fisicamente mi sto riprendendo... Ti volevo parlare, ma se stavi per andare a dormire...
– Veramente stavo ripetendo la dinastia Moghul.
– Ah... State studiando la storia dell'India?
– Sí, con la supplente abbiamo fatto un lungo approfondimento tematico sulla storia del diciottesimo secolo raccontata da fonti locali... Comunque, mi dica.
– ...
– Prof...
– Sí, scusami, Gabriele... è che faccio fatica a parlare...
– Ci sentiamo domani, allora. Forse è meglio se va a letto...
– No, no, no. Ho bisogno di parlarti... Perché mi è venuta un'idea. Magari la puoi dire in classe domani...
– Va bene... Mi dica.

– Io sto ancora a casa… un po' infortunato, no? E allora avevo pensato. Perché sabato non venite tutti a pranzo da me? Anche verso mezzogiorno e mezzo, l'una… Preparo un aperitivo leggero, e poi magari ci prendiamo delle pizze qui sotto che le fanno anche a pranzo, che sono buone, le posso pure ordinare prima… E ho pensato anche, se vi va, che ci possiamo vedere insieme lo sceneggiato *Cartesio*, quello di Rossellini, ho preso in biblioteca la videocassetta… Anche fare due chiacchiere.

– Lo sceneggiato ce l'ha segnalato la prof, ma poi ci ha spiegato tutte le incongruenze storiografiche della sceneggiatura.

– Magari perché è un film degli anni Sessanta, è un po' datato, però è bello.

– È del 1973. Il fatto, prof, è che da un punto di vista degli studi cartesiani recenti è completamente superato. In classe l'altro giorno sulla lavagna elettronica ci siamo visti il documentario che ha realizzato Bernard Williams su Descartes. Forse lo conoscerà, sintetizza un po' di questioni ermeneutiche aperte… L'ha visto?

– In realtà non l'ho visto. Sai io…

– … Se vuole comunque le mando il link dove può scaricarlo con i torrent.

– Sí, mandami il link, grazie… Anche se è una cosa che non so fare bene, scaricare…

– Allora le mando anche un tutorial che le spiega come fare.

– … Certo… grazie.

– Niente. Buonanotte, allora.

– Sí, sí… E per il pranzo di sabato invece che mi dici?

- Guardi, io mi sto convertendo all'ebraismo e quindi sabato non posso, grazie ancora lo stesso e buonanotte.
- ... Gabriele, non me ne avevi parlato di questa cosa dell'ebraismo...
- Infatti, è una cosa mia... Buonanotte, prof.

Il primo modo per dare fiducia a qualcuno è avere fiducia in sé.

Per questo ho deciso di ripetermi ogni ora questi incoraggiamenti – tra me e me, nella mia testa. Ed ecco perché mi sono messo un allarme apposta sul cellulare, in modo che io possa dirmi da solo: «Stai facendo il bene per tutti, sei il migliore, vai avanti nonostante i nemici che incontrerai».

Ogni tanto in classe gli studenti mi dicono: «Prof, perché ogni ora suona questa sveglia?»

Non sanno quanto questo suono è importante anche per loro, per la fiducia che io trasmetto a me e poi io, con la fiducia trasmessami, trasmetto a loro.

– Alberto?
– Sí?
– Ciao, sono il prof.
– Ah, buongiorno.
– Senti, ti volevo dire che lunedí finalmente torno in classe...
– Si è ripreso?
– Sí, sto meglio, grazie. Volevo chiederti dove eravate arrivati con la supplente, cosí per capire bene da dove ripartire.
– Ah, veramente io... Non so se l'ha saputo, ma ho deciso di prendere il nulla osta.
– ...
– Pronto, prof?
– ... Il nulla osta?
– In classe siamo un po' ad aver fatto questa scelta. Per ora sei-sette, ma poi forse anche altri stanno valutando...
– Ma... Alberto, scusa... Intendi il nulla osta per cambiare scuola?
– Eh sí, per vari motivi abbiamo deciso di andare tutti al Confalonieri: un po' per la vicinanza, un po' perché le lezioni iniziano alle otto e mezza invece che alle otto. Poi c'è questo fatto delle attività pomeridia-

ne... Inoltre, ecco, anche la supplente ha preso una cattedra al Confalonieri. Almeno fino a giugno, ma poi dovrebbero rinnovargliela... cosí ci porterebbe alla maturità. E quindi, magari un solo alunno non aveva senso, ma se comunque siamo in tanti... Insomma, se quasi tutta la classe...

– Cosa intendi per tutta la classe?

– Be', adesso non saprei dirle bene il numero. Sicuramente se ne vanno Adele, Andrea, Gianluca, Eleonora, Maria Cristina, Camilla, Riccardo, Pamela, Giancarlo... Carlo anche, Massimiliano... Poi se va via Camilla è chiaro che anche Irene e Arianna vanno via... E se va via Irene pure Miriam...

– E Stefano?

– Stefano si è già trasferito al Confalonieri.

– Va bene, ma... Comunque, dico... visto che è cosí ne potremmo parlare un momento insieme, anche per capire alcune incomprensioni... Non lo so... se appunto lunedí ci vediamo in classe, e ne parliamo...

– Eh, prof, lunedí non so chi trova in classe... Io non ci sono, per dire.

– Ma anche fuori scuola, giusto un secondo per chiarirsi...

– Non so che dirle, prof, sento gli altri, poi le faccio sapere...

– Sicuro?

– Tranquillo prof, la richiamo io.

– ... scusami Alberto, ma anche Emanuele se ne va?

– Sí, prof. Anche Emanuele.

- Ciao Carlo, sono il prof. Buona domenica.
- Ah, salve...
- Ti rubo un minuto, scusami. Ho sentito qualche tuo compagno al telefono, e mi hanno detto questa cosa del nulla osta...
- Eh, sí. La settimana scorsa abbiamo un po' deciso...
- Ecco, avevo pensato che potevamo provare a trovare una soluzione.
- Una soluzione in che senso, prof? Molti di noi hanno semplicemente preso il nulla osta per andare al Confalonieri e seguire la supplente...
- Sí, sí, ho capito, è una scelta legittima. Ma io volevo soltanto dire che vi potrei proporre un piccolo periodo di proroga di questa decisione, cosí uno vede le cose come vanno...
- Prof, non lo so. C'è gente che si è messa d'accordo per andare già domani in segreteria a ritirare il nulla osta...
- E io proprio per questo ho pensato: che differenza ci può essere se rimandate di dieci giorni, una settimana? Facciamo una specie di patto...
- ...
- ...io vi do una parte dello stipendio... e voi rimandate l'esodo al Confalonieri...

– ... Non... non ho capito, prof... ci paga per restare?
– No, ma che pagare... Ho pensato che è un investimento singolo su un patto educativo professore-studenti... Cioè, se voi rimanete a scuola io potrei darvi una cifra tipo centoventicinque euro per uno... Ho fatto un po' di calcoli di quello che mi posso permettere, eh eh... Poi voi, dopo dieci giorni, decidete in libertà, con una scelta ponderata, se andare via oppure...
– Prof, scusi... ma... non è... non è proprio... una questione di soldi...
– Posso arrivare a centotrentacinque, centoquaranta massimo...
– No, prof, davvero non credo sia una questione di soldi.
– Sí, lo so, lo so perfettamente... è una questione di investimento reciproco... Comunque mi sono impegnato a chiedere prima a te, Giorgio e ad Anna Laura, visto che non avete famiglie benestanti dietro...
– E che le ha detto Giorgio?
– Ha detto che mi faceva sapere domani.
– Ma sta dicendo sul serio, prof, o lo dice solo per convincermi?
– Chiedi a lui. Sai com'è Giorgio, ha tutti nove e dieci, però c'ha una situazione famigliare molto delicata... Avevo saputo che la nonna ha avuto un incidente l'anno scorso e deve fare una terapia per la schiena e la mutua non gliela passa... E duecento euro magari possono essere un aiuto provvidenziale... C'è il rischio che rimanga sulla sedia a rotelle.
– Prof, certo che...
– E ho pensato che poi uno a seconda delle situazioni famigliari può trovare delle soluzioni diverse...

– Carolina, ciao... scusami l'ora. Sono il prof, ti disturbo?
– Ah, salve prof. Insomma... un po' tardi è, effettivamente.
– Stavi dormendo?
– No. Stavo finendo di vedere il primo dvd di *Satantango*.
– E che cos'è?
– Un film di Bela Tarr, un ungherese.
– Ah, interessante...
– Che voleva, prof? Mi scusi ma domani abbiamo il compito di fisica in prima ora...
– Ah, scusami tu Caro... Ti volevo solo disturbare un secondo, perché come sai domani torno a scuola.
– Sí, ho saputo. Anche se ci sono delle cose di questo rientro che non ho capito...
– La faccenda dei nulla osta, vero? Penso che, almeno per ora... al momento dovrebbe essere rientrata.
– Veramente non mi pare per niente che sia cosí.
– Ma credo di sí, invece, i pagamenti sono andati a buon fine...
– Sí, prof ho saputo che ha pagato alcuni miei compagni per restare... approfittando del fatto che stanno in una situazione di difficoltà economica...

– Sí, su questo dovremmo confrontarci meglio, ma ora... perdonami, non è di questo che ti volevo parlare. Ti posso chiedere una piccola cortesia?
– Mi dica.
– ...È che nella tensione di questi giorni mi sono ricordato solo adesso che domani è il Giorno della Memoria.
– Prof, il Giorno della Memoria è a gennaio.
– ...ah, ma comunque in vista di gennaio, dato che manca poco... Volevo parlarvi di un tema che colpisce i cuori: l'Olocausto. Ho visto al telegiornale che si parla molto di ebrei dopo l'attentato alla moschea...
– Alla sinagoga, semmai.
– Sí, scusami... Alla sinagoga, certo... Per cui volevo chiederti se potevi portare a scuola il dvd di *Schindler's List*. Nella tua collezione sicuramente ce l'hai, cosí se il laboratorio video è libero lo vediamo a scuola...
– Non lo so, prof.
– Non ce l'hai?
– No, quello non è un problema, dovrei anche avere l'edizione «Collector's Gift Set»... Ma l'abbiamo già visto praticamente tutti alle medie. E comunque la supplente, sempre a proposito del dibattito di questi giorni, ci aveva dato da vedere per casa *Shoah*, il documentario di Lanzmann... Ha presente?
– Ehm, sí... Cioè non l'ho visto, ma l'ho sentito.
– Vabbè, nei prossimi giorni in classe dovremmo parlare di quello. E anzi, ognuno di noi deve portare una relazione sul film e sul rapporto tra Shoah e immagine, Shoah e racconto...
– Ma lo possiamo vedere magari a scuola insieme?
– Prof, noi l'abbiamo già visto.

– Ma magari allora posso vedere se lo trovo su YouTube, e me lo vedo ora, prima di andare a letto.
– Prof, dura dieci ore.
– Ah.
– ...
– Non è che me lo puoi un po' raccontare, di che cosa parla in sintesi? Anche una roba spiccia... resta una cosa fra me e te...

Certi giorni sono felice.
Semplicemente felice.
Oggi, per esempio: era il mio primo giorno di scuola dopo una lunga convalescenza. Riflettevo sul fatto che mancano pochi giorni a Natale, gli alberelli pieni di luci colorate sembrano ammiccarmi dalle palazzine, la bontà degli esseri umani mi tocca con le sue mani calde... E dato che ero cosí felice, ho pensato che era bene scriverlo sul registro di classe.

Tra le note degli insegnanti ho scritto: «Radar è felice».

E ho scritto anche alla pagina della settimana prossima, su tutti i giorni, nello spazio per i compiti: «Rendere felice Radar».

Sarebbe bello se anche tra ragazzi e docenti s'instaurasse un rapporto di condivisione basato sulla gratificazione reciproca.

Penso che gli studenti siano a loro volta felici di rendere felice il loro prof.

Questo vuol dire *saper motivare*.

– Nicola.
– Ehi zio! Che mi chiami a quest'ora?
– No, Nico, non sono lo zio, sono il prof.
– ...
– Il prof che è tornato... Quello che gli piace Hegel! Il nuovo prof redivivo!
– Prof, ma lo sa che ore sono?
– Le undici meno dieci, quasi meno cinque.
– Perché mi chiama a quest'ora? Mi doveva dire qualcosa di importante?
– Ti volevo solo infondere fiducia, e dire: «Grazie».
– Di che, scusi?
– Grazie della bella mattinata di oggi.
– Non ho capito prof, che è successo oggi?
– Non siamo stati bene stamattina insieme?
– ...ma quando?
– In classe, alla seconda e alla terza ora... Mi rendo conto che per un sacco di tempo avevo presente quello che io davo a voi, ma davo per scontato quello che voi date a me... Io oggi sono uscito da scuola galvanizzato... Secondo me ce la possiamo fare, non credi? Io penso di sí. Dopo oggi penso di sí.
– Ma a fare che, prof?
– A sintonizzarci. A costruire un bel patto educati-

vo, pieno di fiducia... Non so se hai fatto caso oggi a come interagivamo meglio. Il periodo che ho passato a casa per... per l'operazione ai genitali, ecco: non sai quanto mi è servito a maturare come docente.

– ...

– Mi sento davvero piú ricettivo rispetto alle vostre esigenze. Le domande che ha fatto Martina su Goethe, ad esempio, e le risposte che le ho dato... Non ti è sembrato un bello scambio?

– Non mi ricordo, prof.

– E anche Gabriella, quando è venuta vicino alla cattedra per ascoltare meglio e darci reciproca fiducia.

– S'è messa vicino al termosifone, prof. C'aveva freddo.

– ... e quando vi ho fatto quella battuta.

– Ma che sta dicendo, prof, quale battuta?

– Quando vi ho detto «Sapete chi sono i Presocratici?... I seguaci di Presocrate!» Nico, devi ammettere che un po' di gente ha riso... Pure Andrea che non ride a tutto... anche l'umorismo crea fiducia. Cioè, voglio dire che nel piccolo, un passetto alla volta, quella fiducia che sembrava un po' sepolta, annegata dal gelo, forse invece sta germogliando di nuovo... No?

– Prof, ma è vero che ha pagato quelli che volevano andare via per restare? È una voce che gira...

– Nicola, è una questione piú ampia... Cioè, per farti un altro esempio: vuoi dire che non ti è piaciuto quello schema che ho fatto alla lavagna sulla rivoluzione scientifica dell'Ottocento?

– Prof, era copiato pari pari dal libro.

– ... ah, ma... perché, voi avete l'Abbagnano?

– Molti di noi sí, studiano sull'Abbagnano... Quello che ha scelto lei è scritto coi piedi e c'ha un sacco di errori storiografici.

– Dici? Ma... forse è un libro un po' semplice...

– Ci sono piú subordinate nel Bignami, per dire, e poi scrivono che Galileo è di Firenze.

– Vabbè, perché effettivamente dal 1620 visse a Firenze...

– Dal 1610, prof. Comunque, io mi devo leggere un po' di Auerbach e poi me ne vado a dormire: domani c'abbiamo il compito di italiano.

– Cos'è Howerbook?

– Auerbach. Un libro che si chiama *Mimesis*, me l'ha consigliato la supplente, quando le avevo chiesto qualcosa per approfondire Dante.

– Ah, vedi le coincidenze... Proprio oggi avevo pensato che il weekend prossimo potevamo andare a Firenze, tutti insieme, una gita informale, senza la burocrazia delle autorizzazioni... Ci andiamo a vedere gli Uffizi, ci mangiamo il lampredotto, visitiamo la casa di Galileo, la tomba di Dante...

– Prof, la tomba di Dante è a Ravenna... Io devo andare a dormire, stacco il telefono.

– 'Notte, Nico, ci vediamo domani. Com'è che dite voi? Scialla...

– Ciao Adriano.
– Prof?
– Sí. Sono proprio io.
– Sarei a scuola, prof...
– Certo, lo so... Ti ho chiamato giusto adesso che sei a ricreazione. Ti avevo cercato un paio di volte ma avevi il telefono sempre spento.
– Che c'è?
– No, era perché oggi c'ho il giorno libero, e stavo un po' capendo a mente fredda come migliorare la nostra interazione in classe per l'anno nuovo. Ma anche fuori dalla classe...
– Prof sí, mi scusi... Io devo andare a prendere la pizzetta se no resto senza.
– Sí, tanto ti rubo solo un attimo. Perché mi ero fatto un giro sulle vostre pagine Facebook...
– Prof, ma lei non ha l'amicizia con nessuno della classe.
– Questo è vero, ma non ti ho detto che mi sono fatto un altro account sotto falso nome proprio per capire meglio le vostre interazioni...
– Non ho capito, prof: ci spia?
– No no, è una cosa che si chiama *lurking*, ho scoperto... Comunque rimanga fra noi. Ma non è questo

il punto... piuttosto... Ho visto che vi piace questo gruppo, gli Arcade Fire. Ho sentito un paio di pezzi, non sono male... e ho visto sulla bacheca di Martina che lei ha già comprato il biglietto per i concerti che fanno a luglio in Italia. Tu ci vai?

– Boh... che domanda è, prof? Adesso la devo lasciare, c'abbiamo il compito di chimica...

– Sí, solo un attimo. Ho notato per caso che avevi messo un «Parteciperò all'evento»... Ti volevo dire che mi sono comprato un biglietto anch'io... ci si potrebbe andare insieme. Oppure organizzarci: facciamo una macchinata e andiamo alla data che fanno a Milano. Ho visto sul profilo di Nicola che lui c'ha due fratelli che studiano a Milano... Si coinvolge anche Tiziana, magari: mi sembra di aver capito dalle loro chat che stanno insieme...

– Prof, ma come fa a vedere le chat?

– No vabbè, quello niente... Ho provato un po' di password, e pensa che quella di Nicola è proprio «Arcadefire»... Se non è un segnale questo...

– Vabbè prof, io devo rientrare in classe. C'è la Campanile che mi chiama, e non ho manco fatto ricreazione... Volevo almeno prendermi un caffè alla macchinetta.

– D'accordo, io nel frattempo vedo le disponibilità dei biglietti per Milano...

– Prof, devo attaccare.

– Ne parliamo domani in classe, ok. Auguri per il compito, eh. Com'è che fa quel pezzo degli Arcade? *It's just a reflektor...*

– Luca, ciao.
– Prof, è lei? Mi è comparso numero sconosciuto.
– Ah sí, scusa... Credo ti appaia sconosciuto perché chiamo da casa.
– Che succede?
– No, niente, ti disturbo?
– Be', è tardi... Stavo finendo di fare il lavoro di gruppo per fisica sul paradosso EPR, che domani dobbiamo fare la relazione.
– Ho capito... Ma senti, ti posso rubare cinque minuti?
– Sí, però proprio cinque, perché stavamo dividendoci le parti e ripetendo... Che cosa voleva dirmi?
– Mah, niente di che. È che poco fa, ero stanco, non mi andava troppo di mettermi a preparare le lezioni per domani, e allora ho cercato un po' di canzoni su YouTube... Tu ascolti mai dei pezzi YouTube?
– Venga al dunque, prof...
– Niente, mi sono messo a riascoltare un po' di musica che sentivo da ragazzo, quando avevo la vostra età, tipo Claudio Lolli... non so se lo conosci. Sai, in questi giorni ero molto di buonumore, invece oggi mi sono un po' immalinconito. Sarà il clima natalizio, di festa forzata...
– E quindi?

– E quindi niente, ho ritenuto fosse importante condividere questo sentimento con voi. Ecco perché avevo chiamato anche Rossella e Carmen, ma erano staccate... cosí ho chiamato te.

– Per dirmi che è triste?

– Non è proprio tristezza, è piú una sensazione di malinconia e nostalgia messe insieme, di sicuro c'entra la stanchezza, la pioggia di oggi... Però ho pensato che, proprio per rendere credibile l'interazione che vive tra me e voi, è bene che sappiate quale tipo di elaborazione emotiva posso avere... Tu non sei mai triste, Luca?

– Prof, mi scusi, ma ci sono Andrea ed Emiliano che si stanno innervosendo. Devono andare a casa con l'autobus notturno: dobbiamo finire prima delle undici e mezza, sennò lo perdono...

– Vedi, anche questa metafora del perdere l'autobus, non ti lascia addosso un senso di malinconia, del tempo che scorre?...

– Prof, ci vediamo domani.

– Magari, invece di spiegare, vi faccio sentire un paio di pezzi di Lolli... Potremmo improvvisare una bella recita di fine anno, che ne dici? Vi piacerebbe?

Gennaio

Stamattina, per cominciare bene l'anno dopo le vacanze di Natale, ho portato in classe una burrata di due chili e mezzo.

Ho aperto la confezione, l'ho rovesciata sulla cattedra, e mentre il siero colava sulla formica, ho detto:
– Ragazzi, questo vuol dire libertà.

Dovevate vedere lo sguardo di meraviglia nei loro occhi!

Penso che un professore debba fare anche questo: spiazzare di continuo, sorprendere, provare a gettare un semino di follia in un mondo tutto fatto di efficienza e conformismo.

– Scusate, ragazzi, volevo comunicarvi una cosa importante. Con l'inizio dell'anno nuovo ho deciso di rivoluzionare un po' la mia vita: ho aperto un blog.
– ...
– Siete sorpresi, eh? Ma come, direte, il professore è cosí innovativo?... Non è come quei professori bolsi, con i libri ingialliti... eh eh. Eppure mi conoscete, sapete che mi è sempre piaciuto essere un po' futuristico...
– ...
– Anzi, già che ci siamo ho pensato di fare un approfondimento a cavallo tra attualità, informatica, filosofia e videogiochi... Sapete cos'è *Minecraft*?
– Prof, noi vorremmo che spiegasse storia.

Post #1

Popolo della rete, ecco il mio primo post su questo mondo di «internauti»! Adesso sapete che non sono solo un professore di filosofia e storia, ma sono un prof 2.0.
Ho deciso di chiamare questo blog *Professor Radar* a partire dal nomignolo che mi hanno affibbiato i miei studenti... balordi! In realtà mi chiamano Radar perché dicono che sono un prof intuitivo come un falco... C'è da stare attenti quando faccio sorveglianza per qualche compito in classe!
L'avete già capito: questo sarà un blog sulla scuola, dove racconterò qualche annedoto sulle mie classi e magari ci scapperà anche qualche pensiero «stravagante» e perfino «stuzzicante».
Ma non voglio anticiparvi oltre, questo è il mio primo post... e non vorrei già stancarvi.

p.s. Una cosa ve la voglio rivelare, il mio filosofo preferito è il superattualissimo Mister Socrate, maestro certo di Mister Platone... Vi spiegherò il perché.
Keep in touch... Bzzz bzzz!

Prof Radar

Qual è una priorità per un insegnante oggi?

Accogliere un ragazzo nuovo, uno che arriva in classe da un'altra scuola, che poi in realtà è come se fosse un altro mondo, e prendersene cura.

Trattare questo ragazzo come fosse una perla preziosa, farlo sentire osservato, guardato, considerato, non distogliere lo sguardo da lui, fargli capire che per lui ci siete sempre.

Questa, è la priorità.

- Prof perché mi fissa?
- Tutto a posto, Antonio. Tutto a posto.
- Ma... ho fatto qualcosa?
- No, stai tranquillo, ambientati pure nella nuova classe, guardati intorno... Quando ti serve io sono qui.

– Antonio?
– Sí, chi è?
– Scusami, ho preso il tuo numero in segreteria, sono il tuo prof di filosofia e storia.
– Ah, buonasera, prof…
– Ti disturbo?
– No, stavamo per cenare, ma mi dica.
– Mh, non devo dirti niente di che. Oggi in classe ti ho dato qualche attenzione perché non volevo che ti sentissi estraneo… Però ci tenevo a salutarti in modo un po'… come dire, piú dedicato.
– Be', grazie prof.
– Era il tuo primo giorno nella classe nuova… non mi andava di assillarti davanti a tutti. Volevo dirti di contare su di me per orientarti, senza farti problemi. E poi mi interessava domandarti perché… hai deciso di venire da noi. Perché *veramente*, intendo.
– In realtà, non c'è molto di piú di quello che le ho detto stamattina. Abbiamo traslocato, con i miei, e quindi era troppo scomodo restare a Magliana. Dunque ho pensato di cambiare…
– D'accordo, d'accordo… E come ti trovi?
– Bene, prof. I compagni mi sembrano simpatici.
– Sembrano, certo… Ti hanno detto qualcosa?

– Boh, il programma... dove sono arrivati nelle varie materie...

– Comunque, se succede qualcosa, puoi venire da me.

– In che senso?

– Mica sei andato dalla Canepari?

– A fare che, prof?

– A confessarti, no? Te lo dico subito, cosí puoi prendere delle precauzioni: quella porta sfiga... È anche una brava insegnante, una che la materia la sa... ma porta sfiga. Lo sai che è successo all'ultimo ragazzo che si è messo a chiacchierare con lei fuori dall'orario? Gli è venuta una dermatite su tutto il corpo...

– Prof, comunque non ho parlato con nessuno... Ma di cosa, poi?

– Antonio, pane al pane. Senza problemi, davvero: se ti fanno degli atti di bullismo puoi venire da me.

– Prof, non so di cosa...

– Ascoltami. Io non pretendo che tu mi dica quali sono le vere motivazioni per cui hai cambiato scuola. So quanto è difficile tirare fuori certe cose... Ai tuoi compagni hai fatto bene a raccontare la storia del trasloco. Vedi, anche io ho fatto finta di crederci... Ma te lo ripeto: se hai qualche problema, se ci sono degli atti di bullismo nei tuoi confronti, puoi contare su di me... Intesi?

– Prof, sí... non so bene che dirle...

– Grazie. Dimmi solo: grazie.

– No, intendevo... Davvero: abbiamo traslocato perché eravamo in affitto, e il padrone di casa voleva l'appartamento per sua figlia...

– Va bene, va bene... Facciamo come se avessi «capito»... È un periodo tosto per te... Se ti serve, ti pos-

so prestare anche dei libri. Ti chiedo solo: se succede in classe mia, vieni subito a riferirmelo...
– Prof, non credo che ce ne sarà bisogno...
– Anche la violenza psicologica... Certi sguardi... le esclusioni... certe parole che feriscono piú di un pugno in faccia... Spero tu mi abbia capito... Ci conto, eh.
– Va bene, prof. Mi chiamano a cena...
– Buona cena, Antonio. Ah, e non dire niente a tuo padre... Facciamo che rimane un patto fra me e te.

Post #2

L'IMPORTANTE È «MANTENERE» LA MERAVIGLIA

Popolo della rete, è solo il secondo post e già mi sono affezionato! Del resto io e voi, da una parte all'altra dello schermo al plasma, ci stiamo ancora annusando...
Ho intitolato questo post come vedete, citando la meraviglia. Oggi infatti vorrei aprire il «laboratorio artigianale» del mio cerebro, come dire. E parlarvi un po' del mio mestiere.
Penso davvero di essere un «privilegiato»: a chi capita oggi la fortuna di poter respirare ogni giorno l'odore forte e libero della classe? Il dinamismo della nostra società è cosí vorticoso che la scuola diventa una scialuppa necessaria per resistere alle procelle. Bisogna amare il proprio lavoro!
Ecco alcune semplici regole per affrontare i flutti:

a) amore per il «mondo» che uno insegna. Io amo il mondo dei filosofi e quello della storia, anzi Storia, con la S maiuscola. Che cos'è il presente senza il passato? Una formica in cerca del suo cibo lasciato cadere. Un treno senza redini.
b) amore per il «chi» a cui si insegna. Nelle classi fatiscenti o belle, sovraffollate o piene di scrittacce volgari

alle pareti, dobbiamo sempre amare gli esseri umani in cui impattiamo. Amare non nel senso della pedofilia, eh!!!! Non fraintendiamoci!! Parlo dell'empatia profonda, che sa immaginare i pensieri degli altri anche prima che gli altri ce l'abbiano. Ma questo, cari «follower», già sapete che è una mia super-prerogativa... Non per niente questo blog si chiama *Prof Radar*. Eh eh.

c) amore per il «come» si insegna. Basta insegnanti vecchi e obsoleti! La cosa importante è la creatività! L'innovazione! Occorre spiazzare gli studenti. Qualche tempo fa per esempio sono entrato in classe e sono rimasto muto per tutta l'ora. Volevo scatenare le reazioni della classe. Prima hanno reagito provocandomi «Prof, che c'ha?», poi sono sprofondati nell'indifferenza, come se non fossi presente. Cosa ci insegna questa parabola? Che l'indifferenza non è solo fuori ma anche nelle nostre classi, nelle nostre famiglie...

Io ho a cuore una sola cosa: la meraviglia dei giovani. I giovani sono il mio web! Come diceva Platone, la meraviglia è il sale della nostra «cucina filosofica»...

E proprio adesso, mentre scrivevo quest'ultima riga, mi è venuta una gran fame. Penso che andrò a cucinarmi una bella pasta col tonno e le olive.

Non vi tedio oltre. Altrimenti dovrei aprire un altro blog, *Prof Chef*... con tutte le ricette per i professori 2.0!

Ho già l'acquolina.

Bzzz bzzz!

Prof Radar

– Buongiorno Carlo, sono il prof.
– Ah, buongiorno...
– Ti disturbo? Mi rendo conto che è sabato mattina, ma...
– In effetti ero ancora a letto.
– Scusa, forse dormivi...
– No, stavo leggendo un vecchio libretto di Carl Schmitt.
– Ah, che cosa?
– *La condizione storico-spirituale dell'odierno parlamentarismo.* Ci pensavo in questi giorni guardando il telegiornale... Ma lei che voleva prof?
– Niente, bravo che leggi... bravo... Io avevo pensato, visto che oggi non piove, se vi andava di andare a fare un pic-nic a Villa Pamphilj... Mia madre mi ha portato una grande tiella con il petto di pollo arrosto e le patate... C'ho due o tre birre, ci possiamo vedere dalle parti di via Leone XIII... Anche perché volevo parlarvi.
– Prof, non credo proprio... Il programma di matematica, dopo la riforma Gelmini, è enorme. Mi sa che con gli altri stiamo a fare un po' di esercizi sulla probabilità. Non sembra, ma giugno non è poi cosí lontano.
– Giusto, giusto... Solo che volevo anche trovare un

momento con voi un po' piú raccolto per parlare del problema di Antonio...

– Quale problema, prof?

– Be', lui a voi ha detto che si è trasferito alla nostra scuola perché ha cambiato casa, no?

– Sí. Perché?

– E non avete capito tutta la questione che c'è sotto?

– Quale questione, prof?

– Ah, beata giovinezza... ma il bullismo, no?

– Il bullismo?!

– Sí, è chiaro che Antonio non lo dice, dev'essere ancora molto scosso, e poi genererebbe delle forme di emulazione anche presso di voi...

– Prof, nessuno di noi intende fare bullismo nei suoi confronti...

– Certo, però come saprai poi scatta un meccanismo inconscio...

– ...Comunque Antonio non ha subito alcun bullismo. Viveva a Magliana, dall'altra parte di Roma, e per andare a scuola ci avrebbe messo due ore...

– Ascoltami Carlo, vorrei che trovassimo un modo con tutta la classe per parlare di questa cosa, in maniera delicata... Senza che diventi una questione di Stato.

– Non c'è nessuna questione, ma l'ha visto quanto è grosso Antonio? Quello da solo mena lei e me messi insieme!

– ...Se facciamo che venite per il dolce? Mia madre mi ha portato pure un paio di crostate che ha fatto lei, una con visciole e l'altra con le albicocche... Una volta o l'altra ve la devo far conoscere mia madre... Magari vengo con lei a scuola un giorno che abbiamo due ore...

– Prof, veramente...

– Oppure facciamo verso le tre. Potreste venire tutti a casa mia per un caffettino, o un amaro... C'ho il centerbe che mi ha regalato mio padre per il compleanno...

– Prof, comunque io non posso. Non ho nemmeno il motorino, l'ho prestato a mia sorella...

– Ma potrei fare un tour con la mia macchina... Vi passo a raccattare tutti io.

– No, prof, la ringrazio... Ma devo anche stare in casa con mia nonna che i miei vanno via...

– Allora passo da te un secondo a pranzo! Tu chiami gli altri, vi porto il pollo con le patate...

– No, prof, mia nonna ha paura degli estranei.

– Vabbè, la chiudiamo un'oretta nella sua stanza...

– Non insista, prof. Grazie, ci vediamo lunedí.

– D'accordo, ora capisco come organizzare meglio questo momento di confronto... magari una roba su Skype...

– Arrivederci, prof. Buona giornata.

Cari ragazzi,
vi scrivo questa mail avendo avuto cura di togliere Antonio dai destinatari. L'ho fatto per affrontare in maniera preventiva questo caso prima che l'emergenza «degeneri».

Antonio è un ragazzo che si porta addosso una piaga invisibile. Anche se non lo dice, infatti, nella sua scuola precedente è stato vittima di bullismo. Chi, come me, ha una competenza in materia, sa bene che il suo tacere questa brutta esperienza fa parte del trauma. E non serve andare da lui e chiedergli: «Che ti facevano?» «Ti hanno messo la testa nel bagno a scuola?» Vedrete che negherà, questo tipo di domande servono solo a renderlo sospettoso.
La cosa giusta è dargli affetto. Abbracciarlo appena lo vedete, dirgli qualche parola calda.

Vi faccio degli esempi:
«Non è bello stare in classe oggi?»
«Non senti che bella atmosfera che c'è qui?»
Oppure riferendovi a me:
«Sai che con il prof abbiamo proprio un bel feeling? Se stai giú prova a chiedere a lui».
«Sai come lo chiamiamo? Radar… Perché capta».

Eccetera. Vedrete che se vi impegnate un po' riuscirete a essere anche naturali, senza farvi accorgere che noi sappiamo il suo «problema».

Un'ultima idea per cui chiedo la vostra collaborazione è quella di un regalo. Il prossimo 7 febbraio è il mesiversario del suo primo giorno in classe con noi. Non sarebbe carino organizzare una piccola festa durante la ricreazione, e dargli un regalo?

Non un regalo qualunque, ma qualcosa che significhi simbolicamente INTEGRAZIONE. Tipo un puzzle o un gomitolo di lana. Non so se mi capite. Ma spero di sí. Avete sicuramente preso dal vostro prof. Siete un po' anche voi dei «radarini»... Eh eh.

Il prof, che vi «capta»

– Riccardo!
– Prof?!
– Riccardo!
– Prof, che succede?
– Hai sentito?
– Sentito cosa?
– Il terremoto... La scossa di terremoto... poco fa.
– No, prof... Il terremoto? Sono le tre di notte! Che sta dicendo?
– Santo cielo! Uno spavento... Ero sul divano a fare un po' di lurking su Facebook, mezzo addormentato, e ho sentito tutto che si muoveva...
– Prof, se lo sarà sognato.
– Scusami, forse sí... Stavi dormendo?
– Già. Il fatto è che ora si è svegliato mio fratello piccolo... I miei sono fuori Roma... Mannaggia, prof, che cavolo... Alessio si è svegliato e mo' sarà un casino riaddormentarlo.
– Forse si è svegliato perché ha sentito il terremoto...
– No, prof, si è svegliato perché ha chiamato lei!
– ... Pensavo vi foste spaventati... E poi mi sembra giusto, se c'è un terremoto, accertarsi che siate sani e salvi... Mi vuoi passare Alessio, che provo a calmarlo io?
– Prof, Alessio sta nel suo lettino, sperando che si riaddormenti.

– Comunque scusami, Riccardo. È vero che ti ho svegliato, ma lasciami approfittare per dirti una cosa...
– Prof, mi fa tornare a letto? Stavamo dormendo!
– È una cosa molto personale, forse non ve l'ho mai detta, ma penso che sia giusto dirla. Che sia giusto dirla ora. Anche perché questo terremoto mi ha portato a galla alcuni ricordi...
– ... Prof...
– Volevo dirvi che, nel caso mi succedesse qualcosa di inaspettato...
– ... Prof...
– Lasciami finire, Riccardo, è importante... Nel caso accada un evento naturale... qualcosa di catastrofico... tipo un terremoto... O anche se dovessi morire all'improvviso per un infarto... io vorrei che fosse chiara una cosa... Quanto ci tengo a voi ragazzi... quanto in questi anni ho fatto per voi... E se per caso dovessi morire... magari sotto le macerie... Vorrei che alcuni miei libri... adesso mi commuovo... scusami... Ecco, li vorrei lasciare a voi...
– Che cosa? Prof, devo andare a dormire...
– Ve li vorrei lasciare come eredità intellettuale... per esempio... l'*Apologia di Socrate*... ce l'ho nel cassetto della sala insegnanti... la lascio a te, Riccardo...
– Prof, davvero, devo dormire... domani ho una giornata da solo con Alessio... E comunque io ce n'ho due copie dell'*Apologia di Socrate*...
– ... Allora il *Discorso sul metodo*, ti lascio il *Discorso sul metodo*, che anche come simbolo...
– ... Prof, mio padre c'ha le opere complete di Descartes in francese... io quando l'abbiamo studiato l'ho letto lí...

– Capisco... Allora, se per caso succede qualcosa, ti lascio Amarillo...

– Cos'è? Che cos'è Amarillo?

– Se apri il mio cassetto in sala insegnanti... In caso di morte, dico, troverai in fondo... C'è un cellophane con dei pezzetti di pecorino e una carta stagnola con un muffin...

– ...

– Dietro, invece, c'è un pupazzetto di marzapane... si chiama Amarillo... è un portafortuna... è tuo... È una cosa giusta, rimanga fra me e te...

– Prof, guardi, non mi sembra una cosa giusta... E poi se è di marzapane, se lo lascia nel cassetto cosí, verranno tutte le formiche...

– No, sta in una scatoletta.

– Prof, vengono uguale.

– Mi prometti che ti prendi cura di Amarillo?

– Prof, c'è mio fratello che piange di là...

– Ha sentito un'altra scossa? I bambini sono come i cani, sono piú sensibili...

– Buonanotte.

– Mettilo a dormire sotto un tavolo... Se dovesse succedere qualcosa... rimane comunque protetto dalle macerie...

Febbraio

– Ciao.
– Ah, è lei, prof.
– Come stai, Carletto?
– Prof, non mi chiamo Carletto.
– Scusami... Avevo sentito l'altro giorno Miriam che ti chiamava Carletto.
– Sí, perché Miriam è la mia ragazza.
– Ah, giusto... Come va con lei?
– Cose nostre, prof. Che voleva? Mi scusi, eh, ma sto aiutando mio padre a tradurre in inglese dei documenti per il lavoro.
– Ah, salutamelo tuo padre, l'avevo conosciuto ai colloqui di dicembre. Mi è sembrato un tipo...
– Prof, che voleva?
– No, niente niente... Pensavo... Ieri è passata di nuovo in classe quella circolare sul concorso di poesia che è stato indetto a scuola, no?
– Sí, be'?
– Avevo avuto una specie di piccola idea... un po'... come dire... strategica... In collegio docenti abbiamo deciso di stanziare trecento euro per il primo premio... E allora mi sono detto... E se, per dire, partecipassimo insieme?
– In che senso prof?

– No, nel senso che tu non devi fare niente... Mi basta la tua... la tua disponibilità... Cioè, io ti do tre mie poesie e tu partecipi con quelle... e poi, se vinciamo, dividiamo il premio... Avevo pensato duecento a me e cento a te... Se non ti sembra...

– Non ho capito, prof... Devo partecipare al concorso di poesia scolastico con le sue poesie?

– Guarda, stavo facendo ora la cernita... ce n'è una su Roma deserta... il tempo infinito e solitario delle vacanze lunghe... Un'altra secondo me molto adolescenziale sul desiderio di solitudine... una cosa che adesso per esempio sento molto meno...

– Prof, non mi sembra corretto...

– Ma no, sono tutte poesie adatte a un'ispirazione giovanile, che potrebbe avere scritto un ragazzo della tua età... Vedi, c'è questa mia capacità di captare le cose...

– Non lo so, prof... A parte tutto... Non mi piacciono molto le sue poesie...

– Aspetta, è che non le hai mai lette...

– Prof, ce le ha lette in classe all'inizio dell'anno, un paio di volte... Com'era quella sulla pelle salmastra... e quell'altra su quello che parla con il distributore automatico in sala insegnanti...

– Ma vedi, Carletto...

– Carlo.

– Carlo, sí, scusami... Quella è roba vecchia, a settembre era un periodo che ero un po' sul depressivo andante, come dirti... Ora ho queste altre poesie, ne ho parecchie, se ti va ci mettiamo un giorno a scuola, o anche ci facciamo un aperitivo... porto una stampata di tutto e scegliamo insieme... Vediamo quelle che

piacciono piú a te, quelle che piacciono piú a me...
Magari ci sono dei temi...
– Prof, non mi piacciono com'erano scritte... Scusi la sincerità... Sembravano delle scopiazzature di Quasimodo, fatte un po' alla buttata via...
– Non ti piace Quasimodo?
– Non è quello il punto.
– Sí, scusami, ma comunque te le farei leggere... E poi... e poi ci si può lavorare... facciamo qualche correzione... Però ti dico... Posso dirti una cosa che penso, di cui sono convinto? Secondo me abbiamo buone possibilità di vincere... Ce n'ho varie di ambientazione scolastica... una che s'intitola proprio *Gita scolastica*, pensa... in cui accenno anche al tema delle cuscinate che ci si dà quando si è ragazzi...
– Prof, devo andare, mio padre mi chiama...
– Ma se facciamo cinquanta e cinquanta... centocinquanta euro per uno...
– Prof, proprio non è una cosa per me... Devo attaccare...
– Ma se tu non vuoi, secondo te in classe a chi posso chiedere, a Manuela? O a Silvio? Lui sembra uno che scrive poesie...

Post #7

Giornate uggiose.
Come direbbe Bob Dylan, *the times they are a-changin'*.
E anche io mi sento di *blowin' in the wind*.
Tic tac, l'orologio nella testa. Oggi mi sento rapsodico.
Come Freddie Mercury oggi fa il turista in Boemia. *Sing with us*.
Scuola o non scuola – alle volte sono un Amleto contemporaneo.
Vorrei prendere un aereo domattina, volare in Tanzania e
respirare il sole delle onde ma poi mi chiederei: e
i miei studenti? Abbandonarli è
una strage degli innocenti, e
io sarei il novello Erode.
Molto feroce, anche se, forse, piú bello.

Tempo grumo. Apro un'altra birra, certi giorni è bello perdersi.
Perdo il conto, fluttuare nei pensieri contemplativi,
bruco ogni respiro, tutto galleggia nel mare magnum.
Ehi tu,
vagabondo terreno, che ne pensi di Nietzsche e di Kierkegaard?
La tua solitudine è interiore?
Qual è il tuo estremo? Hai letto Anassimene?
Non ci si può bagnare due volte nello stesso fiume? E invece tre sí?

Il ricordo si confonde con l'orario, la quinta C con la quarta B.
Dove sei Riccardo Salvati, vecchio ragazzo di quanti anni orsono?
Mi ricordo, sai, la tua interrogazione
sulla guerra di secessione.
Noi uomini cosa siamo allora? Distributori automatici di emozioni?
Forti o deboli?

È passata di acqua sotto i ponti.
Non sono piú sofferente di prostatite.
La saggezza mi affascina. Anche Schelling alle volte.
Io è non-io, chi ha fatto goal nell'anima?

E tu studente che mi hai detto l'altro giorno:
– Prof sono preparato, perché non m'interroga?
Ti chiedo: preparato a cosa?
Al mistero del rigagnolo dell'esistenza?

Ricreazione psiche.
Età giolittiana du-dum.
Ti capto, studente, spero che tu capti me.

                                                  Prof Radar

– Prof.
– Sí?
– Sono Camilla.
– Ah, ciao Cami.
– Prof, ho trovato diciassette chiamate non risposte...
– Sí, ti avevo telefonato prima. Ero troppo contento, dovevo dirti una cosa... e non rispondevi...
– Prof, ma diciassette chiamate!
– Ma no, è che ero euforico... Era appena finito il consiglio di classe, penso proprio di essere riuscito a far passare... forse eh, forse... Insomma, ti avevo chiamata perché volevo darti una bella notizia in modo... Tu sei rappresentante di classe, vero?
– Sí. Che cosa... perché?
– Pare che sia passata la mia proposta... poi bisogna formalizzarla meglio... Insomma, forse vi accompagno in gita! Non sarebbe bello andare in gita insieme?
– ...
– Fico, eh? E non sai che meta ho suggerito...
– Prof...
– Amsterdam!
– ...
– Eh? Che dici?... Una gran mossa... Tre a zero per il prof... Ho messo in mezzo la storia di Van Gogh...

– Prof, quelli che volevano andare ad Amsterdam ci sono già stati.
– Sí, ma stavolta saremo tutti insieme!
– Comunque noi ci siamo organizzati diversamente...
– Andate in gita con la Canepari, vero?... Sí, qualcuno me l'ha detto... Guardate, e dico sul serio, che quella porta sfiga...
– Prof, pure lei con questa stupida maldicenza...
– Ma quella porta sfiga davvero... Lo sai cos'è capitato a Melchiori, che stava in quinta due anni fa?
– Prof, non mi frega niente.
– No, Cami, fattelo dire... C'ha avuto la piorrea ai denti davanti...
– Prof...
– Solo per mettervi in guardia... Andate, andate con la Canepari... Poi però se l'aereo cade...
– C'è un'altra questione... Col fatto che quest'anno abbiamo gli esami... non volevamo perdere dieci giorni... E allora abbiamo pensato di farci un weekend lungo in un casale che c'hanno i nonni di Giulio, vicino a Città di Castello... Ci vediamo il museo di Burri... Poi c'è Pieve Santo Stefano, l'archivio dei diari... che ci sono tre-quattro persone che ci volevano fare la tesina... E poi essenzialmente ci facciamo una chiusa per studiare tre giorni insieme, per mettere a punto queste tesine...
– E quindi niente gita?
– No, prof, stiamo valutando... Magari potremmo andare a Vienna, che serve a quelli che portano la tesina su Freud e Musil. Oppure facciamo un viaggio vero, dopo la maturità...
– Quindi potrei tenermi libero anche io per luglio...

– Non lo so, prof... Scusi ma io adesso la devo salutare, sto al Palazzo delle Esposizioni... che devo entrare...
– Che fai?
– Niente, devo vedere un film...
– Ah, bello. Cosa?
– C'è una rassegna di Edgar Reitz, sto facendo la tesina sul dopoguerra...
– Tu? Ma dài, interessante...
– Prof, veramente le ho consegnato un abbozzo a metà dicembre, sono passati due mesi...
– Ma sí, l'ho sfogliata...
– Ecco, allora ha presente che ci sono quindici pagine di rilettura della *Dialettica dell'illuminismo*... Volevo sapere se va bene il parallelo tra il lavoro di Adorno e Horkheimer e quello di Aron...
– Ah, certo, adesso ti dico... Magari è meglio se ne parliamo in classe... Una curiosità, invece... Da Giulio, a Città di Castello, ci andate tipo ad aprile?
– Prof, non lo so, la devo proprio salutare...
– No, perché potrei passarvi a trovare il sabato mattina... cosí magari facciamo un ripassone di filosofia tutta una tirata, sto solo fino a domenica a pranzo... Voi studiate e io cucino... Vi preparo uno sformato coi finocchi, che aprile è tempo di...
– Prof, ci vediamo domani a scuola. Si ricordi la tesina.
– ... facciamo che un giorno che abbiamo la quinta e la sesta ora, porto un fornelletto a scuola... arrangio una cosa in classe... E intanto vi faccio provare la carbonara... cosí capite lo spirito... Camilla... Camilla, ci sei?

– Prof.
– Ah, ciao Massimo.
– Prof, non mi chiamo Massimo. Mi chiamo Massimiliano.
– Max, sí, o Maxim...
– Vabbè, senta: mi sono arrivate adesso queste immagini sul telefonino... Sono le sue scarpe? Anche Gianluca le ha ricevute: sono a casa sua e stavamo ripassando... Scusi, perché ci...
– Ah, sí, ve le ho mandate io, sí... Sono un po' giú di corda... Sono le mie scarpe zuppe... Era una natura morta, una forma simbolica...
– Simbolica di cosa?
– No, era solo... ho preso un sacco di pioggia... Sono in macchina, adesso, sto guidando... Mi sono tolto le scarpe, ho tolto pure i calzini... Sto guidando a piedi nudi, è una sensazione strana... non so se... tu hai da poco la patente, dovresti provare... La sensazione del ferro sul piede... un po' scivoli... devi fare...
– Prof, io non ho proprio la patente... sto in quarta...
– Ah sí certo, scusami... Comunque, ti dicevo... le ho fotografate, ve le volevo far vedere... Cosí, eh... come simbolo della tristezza serale... Oggi sono stato a scuola tredici ore di fila, un consiglio straordinario

lunghissimo... Su una cosa amministrativa della scuola che non dovrei neanche dirvi... c'è stato un falso in bilancio in segreteria... Bernardini si è sbagliata... Se fanno un'ispezione sono cazzi... Mi raccomando eh, che rimanga qui tra noi, questa è una roba delicata...
– Prof, scusi, io l'avevo chiamata solo per dirle che preferirei che non mi mandasse le foto sul telefono.
– No, hai ragione... ma infatti... Io vi mando sempre messaggi senza foto...
– Prof, il punto è che vorremmo che non ci mandasse proprio messaggi... Penso di parlare anche a nome di altri della classe...
– Sí, lo capisco che i messaggi sono sempre un modo in cui uno dice di comunicare mentre in realtà non comunica... hai ragione... Magari è meglio se raggruppo varie idee... scrivo una mail... un po' articolata... che lí uno ci può mettere pure i filmati e le foto... È che oggi mi era presa una botta di nostalgia... sai per cosa?
– Prof, come le ho detto non sto a casa mia, sto da Gianluca. Ho la batteria scarica... Adesso devo...
– ... per certe lezioni che abbiamo fatto l'anno scorso... All'inizio dell'anno... la scuola era appena cominciata... ti ricordi che sbagliavo i nomi? che tu e Gianluca vi eravate arrabbiati perché vi avevo fatto comprare la vecchia edizione del libro di testo e non ve la cambiavano...
– Prof, si confonde con qualcun altro. Io sono arrivato quest'anno...
– Forse hai ragione... Comunque ti posso chiedere una cosa...
– Prof, devo attaccare sul serio...
– Una cosa sola. Ti piace l'Irlanda?

– Eh? Che c'entra?
– No, niente. Stavo sentendo Enya qui in macchina, con la pioggia intorno... Sto facendo un giro per le strade, aspettando che si asciughino le scarpe... E ho pensato questa cosa: per le giornate di pioggia, Enya è perfetta... ti masterizzo un cd... magari lo passi anche agli altri... Sai... forse in classe si potrebbe usare della musica in sottofondo... Quando piove mettiamo Enya... secondo me si crea proprio un ambiente migliore...
– Prof, ne parliamo, sí...
– Enya per la pioggia, e invece per il sole chi diresti?... io Michael Bolton... *Said I love you but I lied...* hai presente... Ti mando il link su YouTube...
– Prof, niente link...
– Quando fa... *Said I loved you but I lied... 'cause this is more than love I feel inside me...* Oddio, ho preso uno con la macchina!!! Oddio ho tamponato uno!! Aspetta un secondo, Max... ho tamponato uno! Ti richiamo fra poco...
– Prof, no... mi spiace... devo attaccare...
– Mannaggia a questo... Max ti posso chiamare fra un secondo?...

– Max...
– Prof, che c'è ancora? È mezzanotte e venti!
– Scusa Max...
– Massimiliano, prof! Mi chiamo Massimiliano.
– Scusami, hai ragione, scusami... È solo che ho tamponato questo tizio. Però sto bene, eh...
– Sí prof, me l'ha già detto prima.
– No, è che mi sono spaventato...
– Prof, sto dormendo!
– Sí, ma ora ti volevo dire una cosetta stupida... È che sono a cinque minuti da casa tua... Ti volevo chiedere, non è che hai un CID in macchina... Passo a prenderlo al volo...
– Prof, non sto a casa mia! Non ho la patente! Ho sonno!
– E tuo padre? Magari lui ce l'ha un CID a portata di mano... Se mi mandi il numero per messaggio, lo chiamo io... se non vuoi disturbarlo tu glielo chiedo direttamente io...

Post #12

Giornate zitte.

Racchiuso nel me di me stesso.

A scuola ho caldeggiato, vischioso, il silenzio.
Non parlare piú, Uomo, Studente, Insegnante.

Stufato di tutte queste parole.
Tu mi fai solo sí, sí, annuisci il silenzioso silenzio.
Silenzio, silenzio. Un battito del cuore, e quindi, poi, silenzio.

Un giuramento atavico
che parte dalle pareti del mio stomaco:
non piú una parola uscirà
dal mio apparato fonatorio
o gastrico, ossidrico o genitale.

Solennità di sguardi d'intesa.
Tra me e me stesso.
Lo giuro! E cosí sia.
Supremo Amen.

E poi ancora silenzio,
mentre la ricreazione fugge via,
un presagio di mutismo.

Prof Radar

– Adele!
– Sí, chi è?
– Sono il prof.
– Prof?!
– Sí, segnati il numero, scusami...
– Prof, perché mi sta chiamando?
– Scusami Adele, so che sei alla festa di Marco...
– Ma lei che ne sa?
– Avevo visto su Facebook che un sacco di gente in classe tua metteva «Parteciperò»...
– Prof, ma ha presente che ore sono?
– Sí, scusami... Non ti avrei chiamata se non fosse una questione delicata...
– C'è un casino qui, la musica... Ma non ne possiamo parlare in un altro momento?
– No, Adele, è una questione troppo delicata... Tu stai alla festa, vero?... C'è ancora Riccardo?
– Non lo so, forse è di sopra... prof... non la sento...
– Ecco, Adele, vorrei la tua discrezione su una cosa estremamente delicata...
– Prof, non la sento!
– Mettiti in un posto lontano dalla cassa!
– Sí, mi sto spostando... Mi dica... Che è successo?
– Ora mi senti?

– Sí, cosa deve dirmi?
– Da quanto tempo è che stanno insieme Marco e Alice?
– Ma che ne so! Mi voleva chiedere questo?!
– Rispondimi solo un secondo, Adele!
– Boh, due-tre anni... Ma a lei che gliene frega?
– Lo sai cosa ho scoperto?...
– ...
– L'altro giorno la Canepari ha sequestrato il telefonino di Marco... Allora alla fine della mattinata me lo sono fatto dare, per restituirglielo il giorno dopo... Certo prima l'ho disinfettato, perché sai che la Canepari porta sfiga, no...
– Prof, che mi vuol dire?!
– ... E insomma ho visto per caso la cronologia delle chiamate perse, e ce n'erano almeno tre per Riccardo...
– Prof, ha sbirciato il telefono di Marco?
– Ma che sbirciato... Ho visto solo le chiamate... e anche i social network... Comunque, ho scoperto... che Marco flirta con Riccardo...
– Prof, ma sta dando i numeri!...
– Adele, perdonami... ma non è una mia idea... ho... come dire... i riscontri... Riscontri seri!
– Ma che sta dicendo?
– Oggi ero stanco, avevo provato a venire alla festa di Marco...
– Non ho capito prof, è venuto qui? *Ora* è qui?!
– No, c'avevo provato, tipo invitato a sorpresa... Ma mi hanno lasciato fuori... c'era una lista...
– Prof, ma perché doveva venire se nessuno l'ha invitata?...
– Capisco l'imbarazzo di trovarsi con i professori,

ma ci sono professori e professori, ed è sabato sera anche per me... Comunque, ti dicevo... ho letto un po' di messaggi che si sono scambiati su Facebook... Ora, la parola d'ordine è una: proteggerli... fare quadrato intorno a loro e alla loro storia... Tu sai quanto possono essere crudeli certi atteggiamenti...

– Prof, ma quali?

– Ti ricordi di quando vi ho fatto quella lezione contro l'omofobia?

– Sí, facendoci vedere *La moglie in bianco e l'amante al pepe* con Lino Banfi...

– ... Per inquadrare meglio la tematica...

– Prof!

– Regola numero uno. Innanzittutto, i froci non vanno chiamati froci. Marco e Riccardo sono normali!... Questo lo sai, sí?... Poi, in classe bisogna smettere di fare battute di gente che s'incula l'uno con l'altro... pure i gesti... Vanno accettati per quello che sono... Senza gesti, scritte al bagno: «Ricchione», «Piglianculo», cose cosí...

– Prof, glielo posso assicurare: Marco e Riccardo non hanno nessuna storia!

– Sí, sí, ho capito... fai bene a proteggerli... la loro unione, del resto, è qualcosa che si deve ancora definire... non li si può chiamare fidanzati... coppia... Povera Alice, che s'illude di stare con Marco... Sai cosa si dicevano in chat su Facebook lui e Riccardo? Parlavano di «omogenitorialità»!

– Prof, è il tema che ci ha dato da fare la Canepari per casa...

– Adele, perdonami, a parte che secondo me fare i temi della Canepari porta sfiga... ma capisco se due persone stanno progettando la vita insieme... Anch'io quando avevo la tua età amavo tanto una ragazza, si chiamava Cinzia... Ti ho mai parlato di Cinzia?... Comunque, tornando ai nostri amici omosessuali...

– Prof, non è che se uno parla di omosessualità per chat è omosessuale!... Posso tornare a ballare?!

– ... a questo punto mi allarmo anche, Adele, non vorrei che proprio tu avessi una cripto-omofobia che non ti fa avere uno sguardo accogliente... Scusami se te lo chiedo, ma tu hai mai avuto esperienze lesbo?

– Non sono fatti suoi prof!... E poi che c'entra?...

– Ne parleresti in chat?...

– Prof, ma che cavolo c'entra!

– Stai mettendo un muro, Adele, so di aver toccato un nervo scoperto, ma lasciami dire... Certo, sarà difficile per Alice elaborare l'essere una donna schermo... Ma... non sarà che anche lei è lesbica? Ecco, si spiegherebbe tutto, magari si coprono a vicenda...

– Prof, vada a letto... non mi va di attaccarle in faccia...

– Adele, dimmi la verità, tu hai una storia con Alice?...

– ...

– Da quanto va avanti? Vuoi che ti aiuti in un percorso di consapevolezza? Sai che puoi contare sempre su di me... Per me tutti i sessi sono uguali...

Post #18

Caro blog, ti scrivo. Oggi, come sai, è un mese da quando ti ho aperto, e volevo «festeggiarti» con un post dedicato a te. La rete dev'essere anche una cosa emotiva, ed è cosí che ti vedo, caro blog: un «esserino» in continuo mutamento.

Stamattina mi facevo una domanda, forse scomoda... Ti voglio bene, caro blog? Una risposta sincera te la devo, ed è: sí! Ma la cosa piú importante, come in tutti i rapporti credo, è la fiducia. E io, mi fido di te?

Ho riflettuto tutto il giorno su come rispondere a questa domanda. Ti ho detto che sono bravo a «captare» il resto del mondo che sta intorno a me? Del resto ho chiamato questo blog *Prof Radar* proprio per questa mia innata capacità di captazione. E quindi mi sono messo in contatto con le «vibrazioni» che emanavi, e alla fine sono contento di essere giunto alla conclusione che: sí, mi posso fidare di te!

Buon mesiversario, caro blog! Ne vedremo ancora delle belle? Chissà. Io scommetto di sí.

Bzzz, bzzzz.

Per sempre tuo,
Prof Radar

– Prof.
– Eh?
– Prof, è sveglio?
– Eh?... Sí... Sí, sí...
– Sta bene?
– Come?
– Prof, sta bene? Mi sente?
– ... sí, sí.
– Ho trovato dieci messaggi sul telefonino spediti da lei... l'ultimo alle cinque a ventisei.
– Ah... è che... ieri è stata una brutta nottata...
– Prof, ma li ha spediti lei questi messaggi?
– No, è che il telefonino... alle volte non capisco... quando manda i messaggi e quando no...
– Prof, a me sono arrivati dieci suoi sms, nell'ultimo c'era il testo di una canzone di Paolo Vallesi, ma con tutta una serie di errori di battitura... Per cui ho anche pensato che magari qualcuno le avesse preso il cellulare...
– Ho fatto degli errori?...
– Ah, quindi li hai scritti lei?
– Stavo facendo delle prove... che errori ho fatto?...
È che il telefonino nuovo ha una serie di funzioni... che non capisco...

– Prof?
– Sí?
– Si sente bene?
– Sí, sí. Anzi, Andrea...
– Non sono Andrea, prof, sono Carlo...
– Ah, Carletto!
– Prof, le ho già spiegato che solo la mia ragazza mi chiama cosí...
– Certo, sí, scusa... Senti, piuttosto, dimmi un po': com'è andata la partita?
– Ma quale partita?...
– Non avevi una partita importante ieri?...
– Prof, io faccio arrampicata...
– Ah... io pensavo ci fossero delle specie di partite anche nell'arrampicata...
– Prof, le posso dare un consiglio... Perché non si prende qualche giorno di vacanza?... Tanto noi riusciamo comunque a stare in pari col programma...
– No, non voglio darvi in pasto a qualche supplente magari impreparata... Poi davvero, Andrea...
– Carlo.
– Carlo, davvero... Sto bene... Sai cosa?... Mi chiedevi dei messaggi, be', è perché ho ripreso a strimpellare...
– Prof, sul serio... si calmi un attimo... Faccia le sue valutazioni... Senta anche la preside... Magari domani andiamo a parlarci insieme, chiamiamo anche i rappresentanti di classe...
– ... Ieri che stavo a casa da solo... mi sono messo a strimpellare con la chitarra... quel pezzo di Vallesi... *La forza della vita*... Senti senti... Senti che giro di DO...
– Va bene, prof, ci vediamo a scuola. Ma ci pensi a quello che le ho detto.

– Ti ho mai raccontato che alla tua età scrivevo canzoni?
– Certo, prof, ci vediamo domani.
– Anche quella che si chiama *Grandinella*... tipo *Pioggerella*, no? Mi è tornata in mente stamattina con questo brutto tempo...
– Buona giornata, prof...
– Buona giornata a te, Andrea... Carlo scusa... grazie di avermi chiamato. Io sono sempre qui, eh... Per qualunque cosa... Se hai un momento di sconforto... Una decisione da prendere... io sono qua...

Marzo

– Prof.
– Enrica, ciao! Che bello sentirti.
– Prof, la chiamavo solo per una cosa da comunicarle un secondo.
– Tutto il tempo che vuoi, Enrica. Ero qui a preparare un super pesce con le patate. Le patate sono il mio piatto preferito, sai... Aspettavo delle persone a cena, stasera, ma in realtà non mi hanno dato conferma... Anzi, se vuoi venire anche con gli altri... cosí al volo...
– No, prof, mi sto mettendo a tavola proprio ora. La disturbavo per dirle che oggi a scuola abbiamo fatto una lunga assemblea degli studenti... e abbiamo deciso di entrare in autogestione.
– Ah... Ma non è una decisione un po' affrettata?... Nessuno finora aveva parlato di autogestione... mi sembra che...
– Prof, guardi, io sono stanchissima... Ora devo cenare e tornare a scuola, perché dormo lí... La chiamavo solo per dirle che la didattica in classe è interrotta... abbiamo deciso di fare dei corsi alternativi con alcuni esperti... E quindi per correttezza stiamo facendo un breve giro di telefonate a tutti i professori. La preside ci ha detto che non la trovava... Solo questo...
– ...

– Prof, mi sente?
– Sí, pensavo un secondo alle patate... Enri, è interessantissimo... Una bella iniziativa, non voglio certo sminuirla... Anzi, sarebbe giusto appoggiare le vostre istanze anche da parte di noi professori...
– Prof, la ringrazio, ma è una situazione molto in fieri. E abbiamo una serie concreta di rimostranze anche rispetto ai docenti...
– I miei colleghi? Figuriamoci... sono tutti feccia...
– ... stiamo facendo discussioni lunghe... entro stanotte dovremmo redigere un documento condiviso... Stiamo usando una piattaforma di software libero, per far votare anche quelli che magari non sono presenti nell'assemblea... Adesso non mi va di...
– Non stare lí a chiedermelo, Enri... Sento che vi devo dare una mano...
– No, gliel'ho già detto, la ringrazio, pensiamo che in questo momento sia meglio tenere i professori fuori dall'autogestione... Stiamo attivando dei corsi alternativi... Proprio per sottolineare l'arretratezza della didattica... Dovrebbe esserci un corso sulle prospettive della fisica teorica... c'è Pietro che aveva un contatto con Sergio Ferrara... Ha presente?...
– Forse l'ho sentito...
– È quello che ha teorizzato la supersimmetria fra particelle elementari e la supergravità... Fa delle Ted meravigliose... E poi dovremmo mettere su una specie di introduzione al marxismo...
– Vedi, su quello vi potrei aiutare io... Mi metto lí, riprendo un secondo il manuale...
– Abbiamo già avuto la disponibilità di David Harvey... È in Italia per un libro che sta scrivendo su

Gramsci... Abbiamo chiamato il suo ufficio stampa a New York, ed era molto contento di venire a fare tre lezioni in una scuola occupata... su Labriola, Gramsci e Bordiga, e il loro rapporto con il marxismo... Ci ha chiesto solo se andava bene in inglese... noi abbiamo votato per il sí...

– Ma... e un corso di chitarra?
– Cioè?
– No, dico, capisco che vogliate ascoltare pareri teorici differenti su alcuni argomenti scolastici... Però magari... dico, per essere utile... Da poco ho ripreso a strimpellare, sai? Sono anche bravino... Potrei mettermi a disposizione per fare un corso di chitarra ai primini... Partire dagli accordi... Ci mettiamo in una stanzetta...
– Prof, non mi sembra una proposta...
– ... anche per creare una sintonia piú leggera... Per conoscere un po' meglio i classici italiani... Battisti, Guccini... qualche stornello...
– Prof, io devo andare. Se no non faccio in tempo, alle nove abbiamo il coordinamento con le altre autogestioni romane...
– ... oppure potrei curare il cineforum... Posso portare il dvd dell'*Attimo fuggente*... anzi, c'ho *L'amico ritrovato*, l'hai mai sentito?... Una bella storia di ragazzi e di amicizia... però ce l'ho solo in videocassetta... comunque in biblioteca si può vedere perché c'è il videoregistratore...
– Sul serio, prof, la devo salutare: buona serata... Chiami la preside, che mi ha detto che la cercava, perché credo stessero organizzandosi... Dice che non la trova mai al telefono... Arrivederci...

– Va bene, Enri, ci sentiamo domani. Se non dopo... Fammi sapere per il cineforum, eh... O magari un bel corso di funghi... Vi ho mai detto che so riconoscere piú di cento tipi di funghi?... E so anche fare qualche mossa da giocoliere... sono un po' fuori allenamento, ma con tre palle credo di cavarmela ancora... So lanciare le monete col gomito e riprenderle senza che cadano a terra... Mi chiami dopo?...

– ... pronto?
– Pronto Silvia... sono il prof...
– Eh?... Prof, però... che cavolo, stavo dormendo...
– Sei a scuola?
– Sí, sono a scuola... mi ha svegliato! Ha svegliato pure gli altri!
– Silvia, io sto qui davanti al cancello, proprio sotto lo striscione con scritto «Okkupato».
– Sta qua?! Che è venuto a fare?
– Niente. Per dare sostegno. Stavo dormendo anch'io, poi mi sono detto: ma non è possibile che me ne sto sempre con le mani in mano, occorre fare delle scelte controcorrente... Ho pensato che bisogna lottare, come contro i franchisti...
– Prof, i franchisti...
– Mi sono riletto *Sostiene Pereira*, sai... Qualche pagina soltanto, ma ho capito... Ho capito quello che mi avete chiesto in tutti questi mesi, in silenzio. Sostegno. Complicità. Supporto logistico. Stare dalla parte vostra. E io adesso ci sto! Con tutto me stesso!
– Prof, non urli al telefono, qua si sente tutto...
– Mi sono portato dietro il sacco a pelo. E pure delle torce, nel caso ci staccassero la corrente... E poi della carta carbone, se dobbiamo fare dei comunicati...

– Prof, c'abbiamo la newsletter.
– E ho portato anche dei cornetti, con e senza glutine... Sono andato a prenderli da un cornettaro... Magari ci sono dei celiaci...
– Prof, grazie, ma stiamo tutti dormendo... Abbiamo finito l'assemblea con Saskia Sassen poco fa, e siamo distrutti...
– Ho con me pure il bollitore... non so se ce l'avete... e tutta una serie di tisane rilassanti... Posso anche venire dentro... lasciarvi le cose... e andarmene... Invece, se mi fate dormire a scuola... questo valutatelo... mi metterei a dormire in sala insegnanti... È un gesto simbolico...
– Prof... Torno a dormire...
– Silvia, stavo pensando... e se invece dormissi qua fuori?... Potrei darvi una mano, avvertendo quando sento puzza di bruciato... se per caso capisco che c'è aria di sgombero...
– Buonanotte, prof.
– Mi stendo il sacco a pelo davanti alla scuola. Ho portato un paio di numeri di «Micromega» da leggere per prendere sonno...
– ...
– Possiamo pure pensare a un codice: uno squillo e attacco, vuol dire tutto tranquillo... Invece due squilli lunghi... situazione problematica...
– ...
– Posso dirti solo l'ultima cosa, Silvia? Sono molto contento che stiate facendo quest'esperienza... proprio per voi stessi... Per la vostra maturazione...
– ...
– Silvia... mi senti?... ci sei...?

Post #39

Cari internauti, vi scrivo per interrogarvi su un dilemma. È un dilemma della «contemporaneità», e oggi riguarda me.

I miei studenti stanno facendo una «rivolta», e io invece me ne sto a casa a guardare i fornelli ormai sporchi da settimane. Non ho piú la forza di correre incontro a un treno del futuro che sta passando proprio ora sotto i miei piedi. Lo sento sferragliare «dentro», questo treno...

La mia scuola, come saprete, da una settimana è occupata. Andrxx, Catexxxx, Gianlxxx e gli altri (trascrivo i nomi anonimi, non vorrei che passassero dei guai) sono barricati in quelle mura gelide e assassine per resistere contro il male che questa società gli sta facendo, pugnalandoli alle spalle. Una società che chiamerei «Jack la squartatrice», ricorrendo a una definizione forse un po' sociologica.

Qual è il mio compito? Scappare, correre? E verso dove? Sono anch'io parte, mi chiedo, di questa società Jack la squartatrice che uccide il futuro?

Gli altri docenti non hanno a cuore i ragazzi. Prendiamo per esempio una mia collega, che si chiama Canepxxx (qui scrivo il nome criptato solo perché, come capirete, non voglio ritorsioni). Lei è una donna che porta sfiga, e non è una diceria. Ormai mi conoscete, cari internauti, potete fidarvi: lei porta una sfiga scientificamente provata.

Voi dareste la classe in mano a una donna che porta sfiga? Voi mamme, mandereste i vostri figli a scuola se sapeste con certezza che la loro insegnante porta sfiga?

E voi padri, voi «capifamiglia», permettereste ai vostri figli di portare a casa le fotocopie che la Canepxxx ha fatto? E se attraverso quelle fotocopie, la sfiga contagiasse anche il resto della casa?

Ma non è questo l'interrogativo «impellente» che vi ponevo. Oggi vi voglio richiamare all'agire politico. Sturm und Drang.

I ragazzi con le loro occupazioni ci mettono spalle al muro. Ci urlano che siamo dei vigliacchi. Siamo noi, io e voi, la società Jack la squartatrice? Questo è il loro urlo!

E se noi non lo sentiamo, loro urleranno ancora piú forte, fino a spaccare i nostri timpani, le nostre porte, a rompere le maniglie antipanico, e distruggere tutte le piastrelle delle nostre mura assassine.

Per questo dobbiamo lasciar stare i fornelli magari sporchi. Li laveremo un'altra volta.

E correre, impegnarci, urlare all'unisono anche noi! Yaaaaah!!! Yaaaahh!!!!! Yaaaaaaaahhhhhh!!!!!!

Prof Radar, con voi sempre

- ... Carletto.
- Chi è?
- Sono il prof.
- Ah... che ore sono?
- È l'alba. Sveglia tutti i tuoi compagni, fallo subito...
- Ma che succede?
- Ho sentito dei movimenti strani... ho pensato che era meglio avvertirvi...
- Che sta dicendo, prof?
- Mi sono appostato qui fuori per controllare se ci fossero delle brutte sorprese durante la notte...
- Non ho capito, prof, sta davanti scuola...?
- Ho dormito in macchina, perché ho considerato che ci volesse una presenza reale oltre che simbolica... a sostegno dell'occupazione... Poi quando ho visto queste presenze...
- Ma che presenze, prof?
- Gente mascherata, verso le quattro, che cantava delle canzoni in una lingua anomala...
- Prof... saranno stati ubriachi...
- Meglio la diffidenza...
- Non so che dirle...
- Vuoi fare colazione insieme, Carletto? Posso an-

dare a prendere dei cornetti... il forno qui vicino è già aperto... O magari sei piú il tipo da colazione salata... se avete un fornelletto posso prendere del bacon...
– Prof, stavo dormendo... E comunque preferisco se mi chiama Carlo.
– Allora ti faccio dormire un altro po', Carlo, torno verso le otto e... Se mi fate entrare posso portarvi questi cornetti... integrali e farciti... e pure qualche salamella...
– Prof, abbiamo la roba nostra! Gliel'ho detto qualche giorno fa: abbiamo deciso niente professori...
– ... Ma se mi camuffo?... Tanto ho dormito col berretto, me lo calco bene bene... vi porto i cornetti e poi vado a casa a riposare un po'...
– Prof, alle nove iniziano i turni di pulizia e alle dieci abbiamo l'assemblea di gestione.
– Ecco, vi serve un po' di energia... vi prendo qualcosa dal biologico, forse... magari il muesli con un po' di yogurt?
– Prof, io devo dormire.
– Va bene, scusami ancora Carlo, io veglio.
– Faccia come vuole, però io stacco il telefono.
– E come vi avverto? Sai se per caso c'è qualche passaggio sotterraneo che porta al teatro, oppure alla palestra?... Carlo?... Carletto?...

Post #41

La lotta «continua»
anche la mattina

Nelle favele del mondo meridionale
io
dentro la nostra gastrite caverna di mafia
io
nelle aule dalle mura assassine
io
la lotta continua, ragazzi,
io e voi
combatteremo, pugnalando a morte,
il sangue sugli scrutini
sparso sulle palestre

Quadri svedesi,
dittatura russa.

Bava alla bava,
pugni sotto i pugni.

Inarretrabilità.

Cornetti integrali squartati
alle otto e mezza di mattina,
questo non sarà il vostro futuro.

Prof Radar

– Chiara... shhh...
– Chi parla?
– Mi riconosci?
– No, non ho capito. Chi è?
– Sono il prof, chiamo da una cabina pubblica. Sto camuffando la voce, ho poco credito... Ascoltami...
– Perché sta chiamando da una cabina?... E poi, dove ha trovato una scheda telefonica?
– Mi sono attrezzato... Ascoltami, temo che ci siano dei telefoni sotto controllo.
– Ma quali telefoni?
– I vostri e anche il mio. Non senti il fruscio?
– Se leva la mano da davanti la bocca forse no.
– Vi volevo dire soltanto una cosa: resistete! Dovete tenere duro, come Bobby Sands... La vostra occupazione è giusta. Avete la mia solidarietà. Avevo pensato, se le cose si mettono male, di iniziare uno sciopero della fame. Se lo fate sono con voi. Anche se soffro un po' di anemia...
– Prof, nessuno vuole fare scioperi della fame. Anzi, penso che lunedí rientreremo in classe...
– Eh?
– Sí, lunedí rientriamo...
– Ma vi hanno fatto dei ricatti? La preside vi ha

minacciato per la maturità? Lo immaginavo, quella troia... Sai che è una cosa penale?

– ... Prof, ha dato della troia alla preside... Comunque non c'è stata nessuna minaccia: abbiamo votato in assemblea per la fine dell'occupazione.

– Al solito, ci sono stati degli infiltrati che hanno pilotato la votazione... È sempre cosí... Mi sono fatto l'idea che in seconda H e in terza G sia pieno di crumiri... Non avete cercato di capire come mai ci sono state queste defezioni?

– Prof, è stata una decisione tranquillissima, non pensavamo di andare ancora avanti a lungo.

– A me puoi dirlo, Chiara: sono stati i fasci, vero?

– Che fasci, prof?

– I fasci che girano coi camioncini la mattina intorno la scuola...

– Perché, lei la mattina sta intorno alla scuola?

– Alle sette passa sempre un camioncino verde scuro che entra dal retro e poi esce... forse è d'accordo con la preside...

– È il camioncino della raccolta differenziata, viene a prendere la monnezza...

– Forse si sono camuffati da netturbini...

– Ma chi?

– I fasci!

– Prof, scusi ma devo andare, lunedí abbiamo il compito in classe di latino... Devo studiare.

– Ho ancora venti centesimi, Chiara, dimmi la verità.

– Ma la verità su che?

– Non puoi parlare ora, vero? Va bene ti richiamo in serata, ho capito... Ciao, saluta tutti... *Saluz y libertad!*

– Si dice *Salud*.

Aprile

Cari ragazzi,
utilizzo i vostri indirizzi personali, mettendo insieme le mail di tre classi diverse, per una comunicazione importante, a «reti unificate».
Oggi mi sono trattenuto tra le mura della scuola dopo il suono della campanella finale. Non avevo grandi impegni, e ho usato il mio tempo per passeggiare tra le aule... Quanti ricordi, quanti di voi ho visto trasformarsi da giovani testoline a uomini fatti e formati! E quanti amori ho visto sbocciare, quanti sguardi smarriti al di là della Guerra delle due Rose o della vita di Comte...
Ma una cosa mi ha colpito piú delle altre in questo mio «pellegrinaggio». Sono andato a fare una capatina nei vostri bagni, e ho trovato qualcosa che un po' mi ha sorpreso e un po' no.
Sia i bagni dei ragazzi sia quelli delle ragazze sono strapieni di scritte. E molte di queste scritte, ovviamente, sono messaggi d'amore. Ma ci sono anche scritte d'odio: contro gli ebrei, i neri, gli zingari... Non voglio soffermarmi su queste, proprio io che – ricorderete – sono sempre stato e sempre sarò per la libertà d'espressione.
Vorrei soffermarmi piuttosto sulle scritte contro i

professori, che a dire il vero sono la maggior parte. E di questa maggior parte ho notato che una maggior parte della maggior parte è diretta a me.

Per essere precisi ho contato 77 scritte contro di me, col nome o col cognome, e altre 40 circa che si potevano riferire a me – quelle che per esempio dicevano solo «il prof di storia», o «il prof di filosofia». Considerato che sono l'unico professore maschio di storia e filosofia nell'istituto da cinque anni, a parte un supplente di due mesi nell'anno scolastico 2011-12, posso considerare che quindi anche quelle siano dirette a me.

All'inizio, devo confessarlo, sono rimasto sconcertato. Poi però ho capito, e un sorriso di sollievo mi è affiorato sul labbro.

Che cosa sarebbe – ho pensato – una relazione tra studenti e prof senza questa goliardia anche un po' «conflittuale»?

Una scritta tipo «Il prof di storia c'ha il buco del culo attaccato al cervello»... lí per lí l'ho presa per un attacco personale, ma se invece fosse stata una stravaganza tipica della gioventú? Oppure quella che c'è nel bagno delle ragazze al secondo piano, «Se il prof di filosofia non la smette di rompere il cazzo prima lo gambizzo e poi gli ficco un machete tra le chiappe»... Ecco che mi ha ricordato certe forme di esagerazione che si trovano anche in alcune canzoni rock, no?

E cosí via, potrei continuare... Me le sono appuntate tutte. Molti «stracciacoglioni», che compare in ben 34 scritte. Parecchi «scassaminchia», 12 occorrenze... Queste espressioni sono parte della controcultura giovanile, e il gusto del paradosso ha senso che si esprima cosí, alla vostra età.

E allora ben vengano le scritte nei bagni! All'improvviso ho capito che era la giusta lettura, quella che mi avrebbe veramente messo in sintonia con voi.

Volevo quindi ringraziarvi: viva questo conflitto che rende il nostro rapporto reale, dunque *vivo*.

In ultimo, vorrei «suggerirvi» una sola cosa.

Non ho visto in nessuna di queste scritte il mio nomignolo, «Radar». Immagino la vostra soggezione nei confronti di questo soprannome, che sembra un po' altisonante, un po' straniero... o forse temete che io possa offendermi, perché magari mi sentirei «scippato» della mia proprietà intellettuale.

Non è cosí. Anzi. Io ve lo lascio usare volentieri. Anzi, per togliervi d'impaccio ho aggiunto io stesso qualche scritta nei bagni: «Radar boia» e «Morte a Radar il captatore» e «Prof Radar come fa a beccarci sempre tutti? Mortacci sua»... Insomma, ho lasciato dei messaggi che sono in sintonia con la vostra modalità di graffiti. Scritte molto dure, ma anche molto rispettose.

Ecco, io penso che la scuola debba essere anche questo. Un'ulteriore occasione per dimostrarci l'un l'altro quanto siamo speciali.

Vostro, Radar

– Lorenzo, sono il prof. Ti disturbo?
– Mi stavo mettendo a tavola, prof…
– A tavola, certo, scusami… proprio non puoi parlare?
– Ma che voce ha, prof? Che è successo?
– Niente, niente. Volevo… mi senti?
– Sí, la sento prof, dica.
– No, ecco… Volevo… solo… capire… capire un po'… Ho visto che oggi è una bella giornata, no? Uno si rilassa un secondo… magari va a pranzo fuori… volevo solo capire come… dico… come… eravate messi…
– Prof, è sicuro che va tutto bene?
– Sí, sí, ho dormito… mi sono fatto otto ore di sonno… ho fatto una bella colazione… cerco di non prendere troppi caffè… Tu bevi molti caffè?
– Boh, normali… Prof, ma sta bene? C'ha un tono strano.
– No, tutto bene…
– Ok. Mi voleva dire qualcosa?
– No, niente, ti dicevo… riflettevo tra me e me… e cosí per condividere… le riflessioni… Ti ho mandato anche una mail, prima, con dei miei pensieri sulla primavera… sullo stare insieme… ma cosí… non so se l'hai letta…

– No, prof.
– Figurati, leggila quando vuoi. E niente... Ti avevo chiamato cosí... ho chiamato anche Andrea e Valeria... stavano andando a pranzo fuori... anche con Angela e Valentina... tutti insieme... Non mi hanno detto bene dove... ma magari... forse... tu sai dove andavano?
– Prof, non la sto capendo, mi scusi.
– No, niente, niente... dicevo solo era una cosí bella giornata... Tu per esempio che fai oggi pomeriggio?... Ho visto che a Villa Pamphilj hanno organizzato la Festa della Primavera... una cosa del Comune... uno magari si prende anche un caffè... visto che tu ami il caffè, no? Sai, l'altro giorno cercando qua tra tutti i libri mi sono accorto... ho ritrovato un frisbee... Bello, no?
– Prof, io mi devo mettere a tavola. Lei si riprenda un attimo...
– Sí, grazie... Ma... Che vi mangiate?... Ha cucinato tua madre? Non è abruzzese tua madre... Vi prepara la carne?
– Prof, devo attaccare.
– Ah, sí, scusami, una cosa sola... Non è che mi puoi lasciare il numero di Stefano?... mi ricordo che una volta aveva detto che gli piace il frisbee...
– Prof, adesso no...
– Grazie, scusami... Magari organizziamo per la prossima settimana, allora... Buon weekend.
– La prossima settimana partiamo per la gita...
– Ah, è vero... alla fine la fate questa gita... anche senza di me... tu vai?
– Sí, io vado.
– E chi resta?

- Credo nessuno, penso che andiamo praticamente tutti.
- Ah... Non rimangono nemmeno Lucia e Giuseppe? Avevo capito che...
- Non lo so, prof... Arrivederci.
- Vedi, mi ero dimenticato la gita... Allora ti chiamo domani per un saluto... cosí al volo... Buon pranzo, salutami i tuoi, anche se non li conosco bene... magari una volta organizziamo una cosa... Di' a tua madre che a me la carne piace moltissimo... tipo l'agnello acqua e sale, proprio all'abruzzese...

– Ragazzi, un'ultima cosa...
– Sí, prof.
– Domani partite per la gita?
– Sí. Perché?
– Come mai non l'ho saputo prima?
– Pensavamo glielo avessero detto gli altri professori.
– Ma io lo volevo sapere da voi... Andate con la prof Radicofani, giusto?
– Sí.
– Per fortuna... Meglio con lei che con la Canepari... Con la sfiga che porta, rischiavate che cadeva l'aereo... Comunque, sono contento che partite... Ma non dovevate andare da Giulio, nel casale...
– Alla fine abbiamo organizzato una gita utile, con tutta una serie di visite a luoghi importanti della Mitteleuropa.
– Ah, bravi. Sapete che... che...
– Cosa?...
– No, niente.
– Dica, prof...
– Ma niente... una stupidaggine... Io non sono mai stato a Vienna... Penso che quest'estate magari potrei andarci... Cosí poi confrontiamo le mie impressioni sulla città con le vostre...
– Sí, prof, va bene, buona settimana.

– Ma noi tanto ci vediamo in questi giorni, con Lucia e Giuseppe... Voi due non partite, vero?

– No, non partiamo ma non veniamo neppure a scuola.

– Ecco, allora possiamo vederci per un ripasso anche fuori da scuola... in biblioteca... Oppure, se volete, anche a casa mia... c'è un po' di casino, devo mettere a posto la cucina... In questi giorni ho qualche lavatrice arretrata, ma magari dopodomani...

– No prof, siamo via anche noi. Andiamo a farci un viaggio con le famiglie.

– Ah, okay.

– Voleva dire qualche altra cosa prof?

– No, va bene... buon divertimento, allora... Io comunque tengo aggiornato il blog, se non volete perdere il feedback scolastico...

– Che ha detto, prof?

– Dicevo che tengo aggiornato il blog di Radar...

– Che blog, prof?

– Massí, il blog sulla didattica interattiva tra me e voi... quello di cui vi ho parlato varie volte... il mio blog... il *nostro* blog... io che capto... io che vi saluto bzzzz bzzzz...

– Che capta cosa? Non si capisce che dice prof...

– Il prof 2.0... Avete presente, no?...

– Ma che dice?... Vabbè... prof ciao... ci vediamo fra dieci giorni.

– ...

– Ma che fa, resta in classe da solo?

– Devo finire un secondo di mettere a posto i registri...

– Ok, ciao prof.

- ...
- ...
- ...
- ...
- Bzzz... bzzz... bzzz...bzzz... bzzzz...

Post #61

Caro blog, in questi giorni i miei studenti sono partiti per la gita. E io mi ritrovo qui, con te.
Stamattina sono andato a scuola, dovevo prendere la busta paga, ma con la scusa sono entrato anche nelle aule vuote. Ho chiuso la porta e, in un secondo, è tornata la «magia» che anche tu blog conosci bene.
Ero *io*, il loro prof con la classe, anche se loro non c'erano. Ma io me li vedevo comunque davanti. C'erano Andrea, Erica, Luchino, Carletto...
Mi sono tolto i miei panni «da prof», e sono andato a sedermi al loro posto. Ho immaginato cosa si prova a essere un mio studente. Quella curiosità e quel calore che ogni giorno viene alimentato da questo rapporto con l'insegnante, inedito e sempre sorprendente.
Poi a un certo punto mi è venuto un senso di grande nostalgia e compassione. Mi è dispiaciuto per i miei studenti dispersi nella gita. Lontani, vittime di questo consumismo tutto divertimento e nichilismo e senza riflessione e aiuto da parte di adulti attenti come posso essere io... E allora ho fatto un esercizio. La prima volta l'avevo sperimentato anni prima, quando ancora frequentavo la scuola di specializzazione per insegnanti.
Ho usato la telepatia.
Ho trasmesso ai miei studenti in gita quest'imma-

gine della loro classe vuota, con il loro prof che però tiene il «timone».

L'ho fatto per un motivo ben preciso: per dare loro quello di cui oggi i ragazzi hanno piú bisogno.

Il senso di sicurezza.

La forza di «tenere» le posizioni, e di non arrendersi mai. Anche di fronte al nemico piú grande di queste nuove generazioni. LA SOLITUDINE.

Ecco quello che voglio dire ai ragazzi, ai miei e ai ragazzi del mondo.

Fino a quando ci sarà un prof come Radar non saranno mai soli.

Bzzzz bzzzz bzzzzz!

- Ciao Alessandro, sono il prof.
- Prof, stiamo a Vienna!
- Sí sí, lo so, ti ho chiamato solo due minuti...
- Va bene, ma... ma spende un botto di soldi... li spende lei e li fa spendere pure a me...
- Sí, lo so, mi dispiace... Infatti ti ho fatto una ricarica poco fa... di venti euro. Non ti è arrivata?
- Mi ha fatto una ricarica?
- Eh... Non ti è arrivata?
- Non lo so, prof... mi scusi ma non la sento, siamo in giro e non si sente niente...
- Ma adesso dove siete? Che ore sono, le undici? Quindi, tutti al castello?
- Che dice?
- Siete al castello? A Schönbrunn?
- No, ci siamo appena stati.
- Ah, avete un po' di anticipo sulla tabella di marcia... O avete invertito? Dunque ora state visitando il parco in stile barocco? E dimmi un po', alla Gloriette ci andate prima o dopo pranzo?
- Prof, non la sento, non capisco niente...
- Andate con il pullman?
- Prof, scusi ma non si sente un cazzo...
- Mi metto in un posto meglio...

– Mi perdoni, non volevo essere volgare... m'è uscita, ma davvero... davvero non si sente nulla... se ci parliamo quando... la settimana prossima, quando torniamo...

– Ah, figurati, non mi dà fastidio che voi diciate delle parolacce... è normale, siete in gita... in un ambiente... informale... Ti dicevo... ho controllato tutto sulla Lonely Planet... me la sono comprata apposta per essere un po' lí con voi, anche se non sono materialmente con voi... Il Museo Leopold l'avete visto? Bello Klimt, eh? Sai che il mio preferito è invece... Oskar Kokozza... Ti mando la foto del suo quadro piú bello che sta lí, te la mando su WhatsApp... E che cazzo... eh eh...

– Si chiama Kokoschka, prof, comunque ne parliamo quando torniamo la settimana prossima. La saluto ora...

– Okay, salutami tutti. Mi portate le palle di Mozart? Le palle, non quelle vere... Eh eh. La cioccolata... Ci tengo, eh. O una fetta di strudel, quello che fanno al ristorante Residenz, vicino Schönbrunn... ti mando le indicazioni di Google Maps... mi dici dove siete esattamente ora?

– Prof, non lo so, ci sentiamo...

– Se metti la geolocalizzazione su Facebook posso seguirvi, e magari vi do un paio di dritte... quando state all'Hofsburg, ad esempio, vi dico come arrivare al Caffè Sacher... Ecco, m'è venuta un'idea... E se mi portate una fetta di Sacher?... Ve la fate mettere in una confezione termica? Mi saluti anche Angela?... è lí con te? Me la vuoi passare un secondo?

– Non è qui.

– Dovrebbe essere lí, perché sto vedendo proprio

adesso che poco fa... su Instagram... ha caricato una foto di Schönbrunn... ha usato un filtro bruttissimo... Dille che gliela aggiusto io, se mi dà la password...

– Prof, non sento niente... Basta!... Ci vediamo la settimana prossima...

– Va bene, va bene... ti chiamo domani giusto per sentire se è tutto a posto... Ti telefono quando uscite dal museo ebraico... dovrebbe essere alle undici e quaranta, secondo programma...

Post #81

Oggi non ho voglia di scrivere niente.

Risfoglio i fogli del registro,
aggiungo un'assenza,
poi la tolgo.

Metto un otto a qualcuno,
poi ci aggiungo un meno,
poi ci metto due braccia
poi disegno un pisello,
poi lo cancello.

Appiccico una gomma.

Mi sento come Rambo,
ormai il nemico è vicino,
e la foresta non mi copre piú.

– Prof!
– Eh...
– Prof?
– Ecco, chi è?
– Sono Carolina, prof...
– Caro. Caro Carolina. Carolina Carolí...
– ...tutto bene?
– C'è una certa... una certa... come dire...
– ...Stava dormendo, prof?
– No, no, stavo... immaginando... in questi giorni... che non devo... la scuola che... voi siete voi... a ognuno la sua libertà... come diceva Sartre... io... facevo... gavetta... con le mie... concezioni, no... voi sapete leggere il pensiero?... sai che vi stavo pensando...
– Prof, la chiamo da Praga... Ho una carta prepagata... E sto spendendo comunque un sacco di soldi... La chiamavo per assicurarmi che fosse tutto a posto... Ieri sera ha lasciato nel mio cellulare e in quello di Gianluca dei messaggi in segreteria lunghi un'ora... E si sentiva lei che si... non so come dire... che si lamentava...
– ...mi lamentavo... contro... certo... contro le ipocrisie borghesi... che...
– No, singhiozzava tipo...

– Ah, certo, ma quello perché mi esercito...
– In che?
– Sto... sto... sto mettendo su uno spettacolo...
– Che c'entra, prof?!
– Sí, mi sto esercitando a fare i gargarismi... singhiozzi, lacrime... *Sniff sniff*... Sentimi... Tutto per... è un mio esercizio... una cosa yoga per sviluppare l'empatia...
– Prof, veramente piangeva come un vitello...
– Sai che ho deciso che comincio a fare jogging... per riprendermi... per riprendere me stesso che... Magari non vado a fare jogging già oggi, ma domani sicuramente... se c'è bel tempo...
– C'eravamo allarmati!... Non può piangere cosí alla segreteria telefonica... È successo qualcosa? C'era anche la prof Radicofani che le voleva parlare...
– Era il riverbero del telefono.
– Ma cosa?
– È bello lí? Ci sono le onde?
– Prof, siamo a Praga!
– Carolina però non trattarmi cosí, che ci resto male. Ho una sensibilità, sai... Tu non hai una sensibilità?
– Vabbè, prof, ho finito il credito.
– Non con me, Caro, non con me...
– ...
– Non mi trattare come fossi uno fra tanti, Caro.
– ...
– Anche se sí, è vero, mi nascondo tra la folla...
– ...
– Ma è per captare... per essere piú vicino...
– ...
– Mi senti vicino?

- ...
- Io mi sento vicino.
- ...
- Vicinissimo.

– Pronto, Laura?
– No, mi scusi... mi chiamo Giulia Beccherini, ho sentito che il telefono continuava a squillare e ho risposto... È il padre di Laura?
– Ah, e chi sei?
– Sono una ragazza del Giulio Cesare, siamo anche noi in gita qui con la classe di Laura, ci hanno messo in stanza insieme...
– Ciao Giulia, sono il suo prof... Ho fatto un sacco di gite, io... sai, anche sulla neve... so cosa succede... l'organizzazione... sono uno bravissimo, a organizzare...
– Non ho capito: Laura è una sua studentessa?
– Sí, sono il suo prof di storia e filosofia.
– ... Be', adesso Laura non c'è... Ha lasciato il cellulare in stanza... Posso riferirle qualcosa? È successo qualcosa?
– No, niente... solo che... sentivo puzza di bruciato.
– Dove?
– Qui, dove sono.
– Dov'è? A scuola?
– No, sono a casa... Secondo me... ho un naso fino io, eh... secondo me sta bruciando qualcosa...
– Mi scusi, professore, io non la conosco, ma... mi scusi... perché ha chiamato?

– Abbrevia, Giulia, abbrevia, chiamami prof… Non preoccuparti… anche se non sei una mia alunna…

– Sí, prof… va bene… ma noi siamo all'estero… oggi dovremmo… stiamo facendo un'escursione sui Monti Tatra… Ci siamo appena svegliati…

– Sí, sí, lo so… c'è la neve sui Monti Tatra… dovrebbero fare meno due… oggi… ho controllato… Avete l'attrezzatura?… I maglioni pesanti… quelli di pile, dico…

– Sí, professore, è tutto a posto… Ma la faccio richiamare da Laura? Doveva dirle qualcosa di urgente?

– No, è che secondo me ha preso fuoco qualcosa…

– Ma sta bene, professore?

– Sí, sí… chiamami prof… sto benissimo… certo… abbastanza bene… sí sí… cosí cosí… certo… è che ho l'olfatto sviluppato, io… forse non te l'hanno detto i miei studenti… Forse non hai presente il soprannome che mi hanno dato… sai che mi chiamano Radar… no?

– No, prof, io non lo sapevo… ma non abbiamo parlato molto di scuola.

– Eh… be' mi chiamano tutti cosí… magari nascondendosi… sai perché… ecco perché. Sono uno che capta… il radar, capisci… sono uno che capta anche gli odori…

– Sí, prof, ma noi siamo a Bratislava… non so come possiamo aiutarla… Dovrebbe chiamare un vicino… o i pompieri… magari è una fuga di gas…

– Una fuga di gas… Hai un buon istinto, Giulia, davvero buono… per caso sai captare anche tu?

– Prof, non so che dirle, la faccio richiamare… anche perché credo che sto finendo il credito di Laura…

– Le puoi lasciare solo un messaggio?

– Dica prof, sí.

– Se la montagna non va a Maometto allora Maometto va alla montagna.
– ... devo dirle questo? La montagna e Maometto?
– Sí, Giulia, Laura capirà... Anzi, ti posso chiedere di piú? Dillo anche agli altri miei studenti... Tanto li vedrai oggi a colazione... salutali tutti... e di' loro che c'è un messaggio da parte di Radar... Vedrai che quelli piú intuitivi coglieranno al volo il significato... Probabilmente in questi giorni gli sto mancando... voi ragazzi fingete di non avere sentimenti, di essere cinici... ma un professore capace di captare sa che avete un cuore... Diglielo, eh... È proprio perché so che avete un cuore sepolto nella neve... che se la montagna non va a Maometto, allora Maometto va alla montagna... La montagna innevata... Capito il riferimento ai monti, no?...
– Vuole venire qui, prof?
– La mia volontà non può molto... sono certe forme di necessità... Tu fai filosofia, Giulia... Ma non voglio importunarti di piú... Buona passeggiata...
– Va bene, buona giornata a lei...
– Bzzz bzzz.
– Che dice?
– È cosí che saluto i miei ragazzi...
– Va bene... arrivederci prof...
– Bzzz bzzz... dài, prova anche tu...
– No, prof... mi scusi... è che non ho confidenza... non mi viene proprio...
– È facilissimo... fai vibrare la voce... bzzz bzzz... hai mai visto i film di fantascienza...
– Prof, la devo salutare...
– Va bene, Giulia... magari ci incontreremo a scuola... Ti considero captata...

Ieri ho avuto una brutta notizia.
Andando a prelevare i soldi dal bancomat, lo schermo feroce mi ha detto che la disponibilità della mia carta era finita. Ho provato a estrarre e rinfilare la carta, ma il verdetto spietato era lo stesso.
Nessuna disponibilità.
Come se il mondo non volesse piú ascoltare i miei bisogni. Questo mondo in cui decidono le macchine mi lasciava abbandonato e senza risorse.
Ho chiamato la mia banca e ho chiesto delucidazioni.
E loro mi hanno detto che negli ultimi mesi sono andato sotto molte volte, e che stavolta ho anche superato il limite del fido.
Altre parole brutali: limite, fido, plafond.
Ho attaccato, e mi sono rintanato nell'unico posto dove c'è ancora un po' di tenera umanità: me stesso.
E ci sono rimasto almeno fino a ora.

Claudio, spero che questa tua mail sia ancora funzionante. Non so se ti ricordi di me, ma credo sicuramente di sí. Mi avevi mandato una tesina tanto tempo fa. Sono il tuo vecchio prof di storia e filosofia. Quando ti sei diplomato, ormai? Otto, nove anni fa? Gli anni fuori dalla scuola, lo posso immaginare, ti sembreranno secoli... A me bastano i tre mesi estivi: ogni volta è un tempo davvero infinito.

Comunque stamattina ho letto un articolo sulla cronaca di Roma, in cui ti si nominava per questo tuo progetto con il Comune sull'urbanistica delle periferie. Non sai quanto mi ha fatto piacere vedere questa notizia! E ho visto che hai ricevuto un bel finanziamento... Complimentoni!

Vedi che seminare bene porta sempre buoni frutti.

Sono contento che ci siamo «ritrovati» dopo cosí tanti anni.

E mi faceva piacere, quando hai tempo, prenderci un caffè, ti volevo chiedere un piccolo piacere da vecchio maestro a vecchio allievo.

Il prof (che non ti ha mai dimenticato)

– Ciao Claudio, sono il prof.
– Ah, salve professore, ho visto la sua mail, ma...
– Quanto tempo, eh! Quanti anni son passati? Dieci? Ti disturbo?
– Adesso veramente sono in ufficio, un po' impegnato...
– Va bene, allora vengo subito al dunque.
– Non possiamo risentirci nel pomeriggio?
– Ma certo, intanto ti accenno, perché è una questione che ha una certa urgenza... non so se sei d'accordo, ma... hai notato lo strapotere delle banche ultimamente... ci sarai incappato anche tu... nel loro atteggiamento mafioso... non puoi chiedere un minimo prestito... ti tolgono l'ossigeno... Anche a te... come imprenditore, credo, sarà dura... ti ho telefonato proprio per questo... perché... penso che senza i privati l'economia in Italia sarebbe piú al collasso di quello che è...
– Professore, mi scusi, devo entrare in una riunione tra due minuti. Ho dei documenti da rivedere. Ci possiamo sentire dopo? Oppure mi dica velocemente come posso esserle utile...
– Sapevo di poter contare su di te. E non sono nemmeno tanti i soldi che chiedo, eh. Ottocentocinquanta, novecento euro... mille per fare cifra tonda, via!

Ma piú che un prestito lo considero un finanziamento. Perché sono soldi, come diresti tu, utili per un pezzo di progetto educativo... La scuola, con tutti gli sprechi che fa, non riconosce l'importanza...
– Non ho capito: mi sta chiedendo un prestito?
– So che per te non è niente. Non è nemmeno un disturbo... Sono consapevole che io ti ho dato molto di piú di mille euro quando eri al liceo... e che questo non è una forma di sdebitamento, eh... Comunque ti ho mandato anche l'iban per mail poco fa... stai facendo un'azione ottima... sai che la scuola sta in crisi nera... rischia di chiudere... la *tua* scuola... Ci sono alcuni studenti che sono partiti in gita senza rendersi conto delle conseguenze... mi chiamano tutti i giorni... perché hanno bisogno della mia presenza... solo che la scuola non ha fondi... e quindi non poteva portare un altro professore in gita... ma ora si rendono conto che la mia presenza è indispensabile per l'equilibrio psichico della classe... alcuni hanno dei disturbi seri, sai?... è una questione di emergenza, altrimenti certo non ti avrei chiamato... Adesso sei impegnato con la riunione... ti richiamo dopo... intanto hai l'iban... altrimenti posso passare anche io da te in ufficio... grazie eh, sei sempre stato il migliore...
– Dovrei darle mille euro per...?
– Per la scuola... Anche novecento. Vanno bene anche novecento... È una corsa contro il tempo per salvare la vita di alcuni ragazzi...

Alle volte vanno prese delle decisioni difficili, questo si richiede a noi adulti.

Quando la distanza dai ragazzi si fa incolmabile, quando «risuona» il dolore dei loro cuori – anche attraverso le frontiere, anche attraverso i confini altoaltesini – si pongono delle decisioni irrimediabili. Gli studenti sono come «figli» da riacciuffare, da nutrire di «cibo sentimentale».

Per questo oggi sono andato in sala insegnanti dopo la chiusura e ho preso dalla cassetta della Campanile i soldi delle adozioni a distanza. Non è un'adozione a distanza quella che io sto facendo, del resto. Partire per raggiungere questi figli in Austria, prenotare un treno, precipitarsi alla stazione – due camicie nella borsa, un paio di mutande anche se bucate – sono soldi necessari, ed è necessario che io li usi.

Quando c'è un'urgenza i bambini africani possono aspettare.

– Ciao Andrea.
– Chi è?
– Sono il prof… Non compare il numero ma ti sto chiamando da un fisso… Mi sono preso un giorno di malattia, lo attacco al weekend e poi in caso mi prendo altri due giorni…
– Sí, prof, ma noi stiamo in gita… stiamo all'estero… spendiamo un sacco col telefonino…
– Non ti preoccupare, sto chiamando con una carta prepagata… E poi sai una cosa… sono qui vicino… ho preso un alberghetto a Bolzano… al confine, praticamente… Infatti sento un freddo, già… un freddo mitteleuropeo… Ho capito che avevate bisogno di un confronto…
– … ora la saluto, che altrimenti perdo il pullman.
– State tornando a Vienna, vero? Per poi andare a Salisburgo.
– Sí, prof.
– … ecco, stavo pensando… e se… cosí… tanto da qui… da Bolzano intendo… potrei prendere un treno… magari ci incontriamo a Salisburgo… ci prendiamo una cioccolata in uno di quei caffè storici… due palle di Mozart…
– Prof… non mi sembra una buona idea… stiamo tornando…

– ... e infatti pensavo che potrei venire lí in treno e tornare con voi in pullman... non sai che fatica ho fatto per recuperare i soldi... C'è posto sul pullman per il vostro povero prof?

– Mi scusi, ma secondo me non ha senso... tra tre giorni siamo a Roma... è piú un casino che altro, prof... ora la devo lasciare... buona giornata...

– E se mi metto nel sedile in fondo... lí se uno si stringe ci stiamo, in cinque o in sei è uguale...

– ...

– ... ho portato la chitarra con me... magari posso strimpellare qualcosa sul pullman... non so se c'è qualcun altro con la chitarra... tu la sapevi suonare, no?... magari facciamo un duetto... una roba tipo Gipsy Kings?... *giobí-giobà*...

– ...

– Andrea?

– ...

– Andrea, ci sei?

– Sto arrivando.
– Chi è?
– Mi senti, Carlo?
– Chi è? Prof?
– Sto arrivando a Salisburgo. Un'ora e ci sono, ho visto su Google Maps come si arriva da voi...
– Ma che sta dicendo?
– Volevo farvi una sorpresa, ma è bello credo che voi mi aspettiate... Come nel *Piccolo principe*, no? La volpe che aspetta il principe... Settantadue minuti e sono in stazione, poi massimo altri trenta e dovrei stare nel vostro albergo... Che bello, no?
– Non so che dirle prof...
– So che è una cosa commovente, Carlo.
– Mi sembra allucinante, questa cosa che ha fatto... mi sembra fuori dalla grazia di Dio... incommentabile...
– Eh?
– Davvero, prof, stavolta credo abbia esagerato...
– Dici in senso buono?... Come si dice *Der passion regnet als*... vedi che mi sono allenato... Sono arrivato con il turbo.
– Questa se la poteva proprio risparmiare.
– No, Carlo, io non mi posso risparmiare mai...

- È la quinta F?
- *Was ist?*
- Entschuldigung... Ich bin der professor... Radar... Do you understand?
- *Ich verstehe nicht.*
- Prof... I'm prof... I'm here at the citophone... at the citophone down near the entrance... this is the hotel of the... gite?... cultural visits?... I'm looking for my class... do you have seen my class?... I'm italian professor... teacher... Italian school...
- *I don't understand what you are asking for...*
- Excuse, entschuldigung... it is much important... I'm italian... it is a question of life and death... there is someone that speaks italian... with you?... Open the cancel, please?
- *I cannot open.*
- Please...
- *Goodbye.*
- Pleeease... I'm professor...
- ...
- ... italian professor...

«Carlo, è urgente, scusa, rispondimi, continuo a trovare la segreteria... sto da due ore a una cabina qui in un phone center a circa cinquecento metri dal vostro hotel... ho finito il credito del cellulare e quindi non vi posso chiamare... Ho provato a venire nel vostro hotel, ma mi hanno spiegato che dormite in una dépendance... perché non me l'avete detto?... comunque, ho citofonato... ma mi continuava a rispondere una in tedesco... io lo so un po' il tedesco... le ho parlato in inglese e in tedesco ma lei non capiva... una tizia veramente stronza... sto continuando da mezz'ora a chiamare sia te sia i tuoi compagni... ma la maggior parte ha il telefono staccato... se ascolti gli altri puoi dire di rispondere quando vedono *Numero privato*... è inutile che mi richiamano... perché avendo finito il credito non posso nemmeno ricevere... è un numero italiano... Non vorrei vi fosse successo qualcosa... mi raccomando... sono le sei... comincia a fare un freddo... e soprattutto pare che qui in Austria chiuda tutto presto... pure 'sto phone center mi hanno detto che fra venti minuti chiude... ma hai capito dove sono?... siete già lontani?... mica sarete ripartiti lasciandomi qui...»

Maggio

– Ragazzi, oggi mancano esattamente ventisette giorni effettivi alla fine della scuola. E io ieri sera ho composto una poesia che volevo leggervi, per condividere con voi i sentimenti che mi attraversano e credo attraversino anche voi...

– ...

– Gianluca, puoi spegnere un secondo queste luci al neon e abbassare leggermente le serrande?

– Prof, mi scusi ma vogliamo ripassare. Abbiamo il compito di biologia...

– Mica sarete arrabbiati ancora per quella storia dell'Austria?

– No, prof, vogliamo ripassare e basta.

– Una poesia sola?

– No, prof.

– Scusate se insisto, ma penso sia importante... Sono vari giorni che ho in tasca questa poesia...
– Prof, può evitare?
– Camilla, che intendi dire?
– Può evitare di leggere questa poesia, e rialzare la serranda?
– Io non ti capisco, ce l'hai con me?
– Prof, volevo solo chiederle se poteva rialzare le serrande e non leggerci la poesia...
– Camilla, ti sento ancora ostile... ne abbiamo già parlato di questa storia dell'Austria... vi ho spiegato il perché di quella mia improvvisata... non era nel mio interesse invadervi... Se io avessi voluto invadervi potevo fare altre cose... nascondermi sul pullman all'andata... prenotarmi una stanza nel vostro hotel... E invece ho fatto una scelta molto diversa... volendo condividere un momento con voi... quando mi sono reso conto che era fondamentale per il nostro rapporto all'ultimo anno avere almeno un minimo di confronto...
– ...
– Camilla? Camilla!... Perché adesso ti sei messa le cuffie?... Non è utile questo tuo atteggiamento... Te lo dico da tuo amico oltre che da professore... Non stai facendo il tuo bene... Mi senti, Camilla?...

Io sono un po' amareggiato, deluso, anche se so che quest'amarezza fa parte della missione di noi insegnanti.

Amareggiato perché mi rendo conto come sia difficile confrontarsi con una delle peggiori caratteristiche dei ragazzi di oggi: la permalosità.

Giovani, spesso irriconoscenti, si offendono per un nonnulla. E ti tengono il muso per giorni, se non per settimane. A noi insegnanti poi, a certi insegnanti come me che danno la vita e il cuore ai ragazzi, questa permalosità suona come una beffa.

Cosa si può fare quando si chiudono nel malumore? Io credo che occorra insistere, che uno dei compiti di chi insegna sia questo.

Andare avanti, spezzare la loro permalosità, provare a pensare come si possa cancellare il grigiore.

Anche esponendosi personalmente.

Dando tutto di sé, a costo di sacrificarsi.

Io per esempio, alla fine ho speso 200 euro di albergo in Austria, ma dal punto di vista educativo ne è valsa la pena. Credo.

– Ragazzi, sono giorni che mi porto in tasca questa poesia... Vi leggo qualche verso e poi ripassate... Vado veloce, promesso, velocissimo... Dunque: «Scuola: luce addolorata | pigre campane affondano. | Non dirmi parole: in me tace | amore di suoni, e l'ora è mia | come nel tempo dei colloqui | con l'aria e con le selve...»
– Prof, okay... Adesso riaccenda la luce che dobbiamo ripassare.
– Vi è piaciuta?
– ...
– Dico, vi è piaciuta la poesia?
– Non l'ha scritta lei, prof.
– Sí.
– Veramente... A me ricorda una poesia di Quasimodo che alle elementari ci avevano fatto imparare a memoria... Sto controllando su internet...
– ...
– ... Mi sbaglio, prof?
– Ma no, Michele, sicuramente mi sono ispirato ad altre composizioni, e poi ho modificato tutto riadattandolo, come si fa con il rap, no?
– Boh, a me sembra uguale... Ecco, poi prosegue cosí: «Sapori scendevano dai cieli | dentro acque luna-

ri, | case dormivano sonno di montagne...» Le faccio vedere la pagina sul mio cellulare, se vuole.

– Michele, non si potrebbe utilizzare il cellulare in classe...

– Va bene, prof, però adesso può tirare su le serrande?

– ... Non volevo rimproverarti... solo dire... che... ci sono delle parole che tornano, certo... Del resto la poesia fa parte tutta di un'anima universale che abbiamo...

– Prof, pure quella che ha registrato in segreteria a tutti noi mentre stavamo in gita era di Rilke...

– Certo, era ispirata a Rilke...

– No, era copiata, prof... Riaccende la luce per favore?

– Un secondo solo che...

– Va bene, faccio io.

– Scusate, ragazzi, oggi vorrei prendermi cinque minuti di tempo per condividere con voi un'ingiustizia che è capitata al vostro professore...
– Prof, manca un mese all'esame di maturità...
– ... Come sapete non è mio costume parlare in classe dei fatti che mi riguardano... Ma mi è arrivata una multa salatissima, e questa è molto piú di una questione privata, come direbbe Pavese...
– Fenoglio, prof.
– Fenoglio cosa?
– Come direbbe Fenoglio, una questione privata... Possiamo ripassare ora? Vada a prendersi un caffè, prof.

– Andrea, sono il prof.
– Ho da fare, scusi...
– Ti volevo solo dire...
– Prof, devo studiare.
– Sí, ti volevo solo dire...
– ...
– Andrea? Ma hai attaccato, Andrea?

– Carolina, ho chiamato prima Andrea... Era impicciato, ma io...
– Prof, la devo salutare.
– No, volevo solo dirti della...
– Arrivederci, prof.
– Carolina... Mi senti? Caro?

Quanto buio c'è nel buio.

In fondo al tunnel un altro tunnel.

Quando morirò, mi sono detto stamattina aprendo gli occhi, non datemi nemmeno una tomba: buttatemi tra gli sterpi.

Ecco, una vita passata a essere trattato come escremento, e ora finalmente, da morto, potrò almeno essere concime.

– Giuseppe, ciao, sono il prof. Ti volevo dire al volo della maturità.
– Prof, sto studiando. Ho il tempo contingentato...
– Eh, dico, proprio per quello...
– La devo salutare.
– Giuseppe?
– ...
– Forse hai solo appoggiato la cornetta perché volevi finire il paragrafo... Ti devo aspettare un secondo in linea?...
– ...
– Giuseppe? Giuseppe! La mia voce è quella di uno che grida nel deserto?
– ...
– Un'eco? Un flebile sussurro che si spegne? Come un radar che nessuno intercetta piú...

– Riccardo. Sono il prof… ti rubo solo…
– Sono impegnato, mi scusi…
– Sí, ma non attaccare… giusto un secondo…
– No, prof.
– Riccardo?
– …
– Ric? Mi hai attaccato in faccia?
– …
– Io rimango comunque in linea, ho deciso che ti aspetto, anche se non vuoi questo dialogo… Penso che sia giusto accettare la tua ostilità… quando tu vuoi riconnetterti… mi trovi qui… disposto… a ritessere quel filo che tu stai spezzando ora…
– …
– … pronto a ritessere…
– …
– … a ritessere…

– Salve, casa Ruggeri?
– Sí.
– Mi può passare Lucia, per favore? Sono il suo professore di...
– No, Lucia sta studiando.
– Eh, immagino, apposta dicevo: me la può passare? Volevo dirle proprio cose attinenti...
– Mi dispiace, mi ha proprio dato indicazioni che se avesse chiamato, non avrei dovuto passargliela...
– Cioè, le ha detto di non passarle il suo prof... Mi sta evitando... mi sta dicendo che mi sta evitando...?
– Professore, mi scusi, sta studiando... Le parli quando la vede a scuola, no?
– Ma io sono il suo prof! Sono il loro prof! Si fanno tutti negare... Ma non è terribile?... Si metta nei miei panni...
– Professore, non so che dirle...
– ... si metta nei miei panni... anche lei sa come sono questi giovani... alle volte queste resistenze vanno bloccate all'origine... Non le devo certo spiegare io che i ragazzi cercano il conflitto... che magari dicono: «Non voglio parlare con quello», mentre il loro desiderio è proprio l'opposto... Me la passi, su, la prego...
– No, guardi...

- Ma se richiamo fra poco… e lei intanto la convince?
- …
- … oppure ci mettiamo d'accordo che lei non risponde… io richiamo fra cinque minuti…
- …
- … lei lascia squillare…
- …
- … s'inventa una scusa…
- …
- No, eh?

Post #132

Caro blog, è tanto che non ci ritrovavamo.
Forse in questi giorni cosí difficili tu sei l'unico con cui riesca a confrontarmi, l'unico posto in cui mi senta a casa, le uniche braccia multiformi capaci di stringermi con affetto e accarezzare la mia pelle ustionata dal risentimento.
Stare qui è come ritrovare un vecchio amico. So che almeno di te mi posso fidare.

– Pronto.
– Sí?
– …Buonasera… chiamavo per le pizze… siccome non abbiamo la mozzarella di bufala, volevo chiederle se andava bene anche…
– Quali pizze, scusi?
– Credo che suo figlio mi abbia chiamato poco fa… mi ha lasciato il numero…
– Guardi, non penso.
– Me lo può passare?
– Senta, adesso sta studiando… mi dispiace… può annullare l'ordine?
– Ma gli dica che può fare una pausa… anche se ha la maturità… non è che deve sempre studiare come un forsennato…
– …
– …
– Mi scusi, come sa che mio figlio ha la maturità?
– Io?… Niente… ho buttato lí… una cosa…
– …ma scusi, chi è lei?
– La pizza… Speedy Pizza…
– Le ho fatto una domanda: chi è lei?
– …
– Mi ha sentito?

– Okay... sí... sono il prof... sono il professore di storia e filosofia di suo figlio... Volevo semplicemente condividere delle... delle esigenze di... visto che siamo quasi arrivati alla maturità... quindi non volevo essere invadente... ma penso che anche dopo che siamo arrivati alla fine dell'anno scolastico... comunque tra docenti e studenti deve permanere un filo di quel...

– Attacchi.

– Mi scusi?

– Le ho detto di attaccare, prima che m'incazzo, professore.

– ... va bene... anche se non c'è bisogno perché davvero le intenzioni...

– Non ci provi piú a chiamare...

– Si figuri... era solo un modo per...

– Attacchi!

– Sí, sí, attacco subito... può dire soltanto a suo figlio che comunque ho chiamato e che semmai... Okay... attacco...

Giugno

Oggi era l'ultimo giorno di scuola.

È difficile congedarsi, per un professore. Difficile difficile. Non si tratta solo di salutare i ragazzi, che sono stati insieme a me per tre anni. Tre anni per sei ore a settimana, se vogliamo essere precisi. Quaranta settimane, piú di seicento ore passate con loro.

Sorrisi, ma anche pianti. Voti e interrogazioni, ma anche trepidazione.

Dicevo che non è solo questo: quando diciamo addio ai ragazzi, noi docenti sentiamo un «filo» che si spezza. S'interrompe una missione. Ed è giusto, mi chiedo, è giusto moralmente interrompere una missione?

Oggi, per festeggiare la fine dell'anno scolastico, alcuni miei colleghi avevano organizzato una partita di pallavolo proprio tra studenti e insegnanti. Quand'ecco che a un certo punto mi è stato detto che era meglio che io non giocassi.

Ho insistito che secondo me invece era utile prendessi parte al gioco, soprattutto per mettere in scena quel conflitto generazionale di cui ho sempre parlato in classe.

Alla fine i miei colleghi hanno accettato: mi concedevano di stare in campo solo qualche minuto.

Ma a quel punto sono stati gli studenti a rifiutarsi di

continuare la partita. Una protesta diretta a me. Una protesta che non «giudico», ma che capisco.

Chi come me s'intende di psicologia adolescenziale, sa che questa è una tipica reazione istintiva molto frequente quando un ragazzo deve elaborare un lutto improvviso.

Per questo ho deciso di rimanere in campo ugualmente. Per dar loro la possibilità di capire che non era mia intenzione lasciarli.

Ma, come avevo previsto, hanno cominciato a urlare al mio indirizzo: «Fuori! Fuori! Fuori!»

È stata una scena molto toccante.

Vedere attraverso questa tensione il dolore che evidentemente li macera, la mancanza del loro prof che già «cresceva» dentro i loro stomaci, è stato commovente. Soprattutto perché poi hanno continuato a giocare, come se niente fosse.

– Scusami Giorgio, ti disturbo?
– Dica prof, ma al volo che sto a cena con degli amici.
– Ma niente, volevo solo chiederti se potevi riferire anche agli altri che secondo me siamo stati bene l'altra sera, alla pizza di fine anno... no?... Ci siamo fatti anche due supplí a testa... poi il dolce... Voi siete andati via in fretta... Ma siamo stati bene, non pensi?... A parte la Canepari... che per fortuna io mi sono messo dall'altra parte del tavolo... E quindi pensavo che magari... magari possiamo trovare qualche occasione per farci un'altra pizza tra noi...
– Va bene prof, mi scusi. Che sto qui nella confusione e si sente poco... Ci sentiamo presto, eh.
– ... oppure anche un cinese... Vi piace il cinese?... Io conosco un cinese molto buono dalle parti di Monteverde... ho anche il numero per prenotare... voi mi dite... siamo quattro... io *tac*... ordino per cinque... siamo quindici... io *tac*... ordino per sedici... è fatta... ci mangiamo certi ravioli al vapore come li fanno loro lí... buoni, sai... tu sai mangiare con le bacchette?...

«Daniele, puoi inoltrare questo sms anche ai tuoi compagni? Auguri per domani per il compito di matematica. Dài che siete i migliori».

«No, prof. Auguri porta sfiga. Buonanotte».

«Ah, scusami hai ragione. In bocca al lupo. In bocca al lupissimo. O in bocchissimo al lupo. Non so come si dice».

...

«Daniele, ti è arrivato l'ultimo sms che ti ho mandato cinque minuti fa? Vi dicevo in bocca al lupo per domani».

«Prof, sí, la ringraziamo che ci ha portato i panini davanti a scuola a quest'ora, ma abbiamo già i nostri. Ora dobbiamo entrare, inizia il compito. Buona giornata, vada a casa».

«Scusa Marco, ti mando questo sms da una scheda non mia. Ti allego le scansioni del compito risolto. Sono cinque immagini. Mi raccomando, fai attenzione assoluta, che rischio il posto. In bocca al lupo».
«Prof, è illegale».
«Sí, lo so, ma in certi casi bisogna rischiare...»
«Grazie, ma li abbiamo risolti da noi. Anche meglio».

Buongiorno Alessio, non mi andava di disturbarti al telefono. Ti scrivo questa breve mail solo per dirti che spero che le prove di italiano e matematica siano andate bene. E poi per dirti che, se vuoi, in questi giorni sono disponibile a farmi quattro chiacchiere con te sul futuro. Ricordo che qualche tempo fa mi dicevi che eri indeciso su cosa fare dopo. Proprio tra iscriverti e non iscriverti all'università. E ti posso capire, sai. Se penso a me stesso com'ero confuso, mentalmente spaesato all'ultimo anno del liceo, con lo stress della maturità che turbava ogni pensiero... Per questo ti dicevo che se vogliamo prenderci un gelato o un tè freddo, in questi giorni prima degli orali, e fare quattro chiacchiere sul tuo futuro, a me non può fare che piacere.

Il tuo prof

Grazie prof, le rispondo di corsa. In questi giorni sto studiando e non ho tempo per le chiacchiere. E poi le volevo dire che comunque ho deciso cosa fare. Buona giornata.

Alessio

– Prof.
– Ehi, Gianluca! Come stai? Come sono andati gli scritti? Mi fa proprio piacere sentirti! Stavo giusto pensando di chiamare te o qualcuno dei tuoi compagni per...
– Prof, volevo dirle...
– Sí Gianluca, dimmi.
– L'avevo chiamata solo per chiederle una cosa. Se può evitare di nascondere altre cose nei bagni. Oggi la presidente di commissione ha fatto un'ispezione e ha trovato nella vasca del water una copia del manuale di storia suo, credo, perché c'era il suo nome, e se l'è presa con noi... Abbiamo provato a spiegarle che non ne sapevamo niente, ma lei si è giustamente arrabbiata.
– Ah, l'hanno trovato... Ma io vi stavo per chiamare proprio per questo... Comunque non è che questa cosa inficerà in nessun modo... Cioè, non vi dovete preoccupare adesso che...
– Prof, ora la devo salutare che mi rimetto a ripetere. Volevo dirle solo questo. La presidente non si è fatta una buona idea di lei. Stiamo cercando di fare un buon esame. Grazie.
– Ma tu dici che dovevo nasconderlo meglio?
– Buona serata, prof.

«Buongiorno prof, mi sono arrivati 12 sms con la notizia che oggi è il suo onomastico. E la stessa cosa è successa anche ad altri vari miei compagni. Forse, lo spero, ha un virus che manda messaggi in automatico... p.s. No, non veniamo a festeggiare con un aperitivo a Campo de' Fiori con lei».

– Buongiorno prof, sono Antonio.
– Buongiorno Antonio, buona domenica... Come stai? Come va questo studio? Sei stanco? Dài che siete quasi in dirittura d'arrivo. Dovete fare il rush finale e...
– Sí, senta volevo passarle un secondo mio padre, se aveva un minuto.
– Come no. Certo.
– Arrivederci prof.
– Buona giornata. In gamba Antonio...
– Salve professore, sono il padre di Antonio. Ci conosciamo anche se lei ha parlato piú spesso con mia moglie...
– Sí, mi ricordo. Come state? È dura anche per i genitori quando c'è un esame di maturità in ballo. Lo stress ricade un po' su tutti...
– Va tutto bene. Anche perché Antonio sta studiando. È sereno. È organizzato. A proposito, volevo chiederle una cosa. È stato lei a spedire ai ragazzi questi pacchetti con le anfetamine? Gira questa voce...
– Ah...
– ...
– ... Ma... non sono proprio anfetamine, sono plegine. Sono vitamine per concentrarsi, in pratica...
– ...

– Quindi sono arrivate? Comunque basta prenderne una al mattino, il giorno prima dell'orale, e una il giorno stesso dell'orale... Pronto? Signor Rosselli, mi sente?...

– Prof.
– Sí, chi è?
– Sono Luca, prof.
– ... Luca chi?
– Luca. Luca Nappi, prof... ma sta bene? C'è arrivato un messaggio a me e Andrea con scritto «Vi ricorderò sempre»... C'eravamo preoccupati. Tutto a posto?
– Sí e... forse stavo dormendo, scusa...
– Ha una voce strana, prof. Ma ha bevuto?
– No, no... Solo qualche birra, per il caldo.
– Va bene, allora si riguardi.
– D'accordo.
– Arrivederci. Buona serata.
– Senti senti, Andrea, scusa, una cosa sola...
– Sono Luca, prof.
– Certo Luca, perdonami... Pensavo... ma se domani pomeriggio ci facciamo una bella ripassata con tutta la classe anche a casa mia? Compro della frutta! Faccio una bella macedonia col gelato...
– No, prof, domani abbiamo deciso che facciamo italiano insieme alla professoressa.
– Alla Radicofani?
– Sí.
– Allora martedí? Anche mattina?

– Non lo so, prof. Le facciamo sapere ma non credo. Ora devo uscire. Buona serata.
– L'ultima cosa. Ti volevo dire un'ultima cosa, Andrea...
– Luca, prof! Sono Luca! E comunque devo andare.
– Ma...
– Se vuole mi mandi un sms... però senza toni luttuosi...

– Casa Radicofani?
– Sí, chi è?
– Salve, sono il collega di filosofia di Anna. Posso parlarle un secondo?
– Certo, gliela passo.
– …
– Ciao, buongiorno. È successo qualcosa?
– No, Anna, scusami, ti chiamavo per una stupidaggine.
– Dimmi.
– Ho saputo che oggi tu fai un ripasso generale con la quinta a casa tua… Ecco, ho pensato se potevo approfittarne e accodarmi a te. Tipo un'oretta quando hai finito?
– Guarda, non lo so. Io non li stresserei. Già fanno due ore di italiano con me. E poi io dopo ho una cena da preparare, mi dispiace.
– Ma allora se vengo giusto a dargli un saluto al volo, due dritte. Magari ascolto un po' la tua lezione…
– Non lo so, è che già se vengono tutti quelli che mi hanno detto stiamo stretti…
– Ma chi viene?
– Quasi tutti.
– Mi posso anche mettere in un angolo da una parte. In piedi.

– Ma non ti faceva male una gamba in questi giorni?
– No, no, va meglio.
– Non lo so, non vorrei che si creasse confusione.
– Ma io sto muto.
– Guarda, ora scusami devo uscire a prendere mia figlia. Ti chiamo dopo, ma penso che sia meglio se ti accordi tu con loro, no?
– È vero, infatti... ma proprio per questo potrei vederli tutti insieme da te...
– Ora devo andare, scusami.
– Ci sentiamo dopo?
– Ho una giornata complicata. Ciao.

– Andrea.
– Ah, è lei prof… Perché mi chiama col numero privato?
– Davvero? Non me ne ero accorto… Ti volevo chiedere che domande erano uscite alla terza prova.
– Boh, non mi ricordo. Ora ho da fare.
– E le avete fatte bene?
– Buona giornata.
– No, ti dicevo: le avete fatte bene? Tu come hai risposto?
– Ho detto buona giornata.
– Andrea…
– …
– Andreino…
– …
– Andreuz…
– …
– Andre'…

– Buongiorno Carlo, ti disturbo?
– Prof, è lei? Che succede?
– Scusami, lo so che è il ventinove giugno... Voi avete avuto gli esami e tutto, ma volevo dirti che ieri è stato il millesimo giorno della nostra conoscenza scolastica... Sono due anni da trecentosessantacinque giorni pieni... ho fatto il calcolo... piú nove mesi... quasi dieci... Se poi tieni conto che giugno è ormai agli sgoccioli...
– Prof?
– ... e insomma, mi dispiace molto che l'anno prossimo non ci vedremo... Però vi verrò a trovare... magari se non venite a trovarmi voi... vengo io a farvi un saluto in facoltà... possiamo mangiare insieme qualche volta alla mensa...
– Ok, ora sto andando. Buona giornata.
– Che glielo dici tu agli altri, questa cosa del millesimo giorno?... Secondo me dovremmo festeggiare un po', no?...
– Non la sento, prof, sto in un posto dove non prende.
– Dicevo se glielo dici tu... pronto... pronto...?

Luglio

Sa... sa... sa... prova... prova... ecco qui... mi metto a registrare questo file audio per un motivo molto semplice... spero mi si senta bene... forte e chiaro... Ieri mattina per un attimo ho avuto un capogiro... niente di che... almeno cosí sembrava... niente di che... ma questa semplice défaillance mi ha fatto riflettere sulla fragilità della nostra condizione... L'uomo è una miscela di forza e debolezza... come diceva Spinoza... o forse Pascal... Comunque... ragazzi, se state ascoltando questa registrazione vuol dire che mi è successo qualcosa... Ho pensato che fosse giusto lasciarvi una testimonianza schietta di alcuni pensieri importanti...

... vi volevo dire, per prima cosa, che la relazione che avete avuto con il vostro professore di storia e filosofia è stata speciale... Non dimenticate questi tre anni che abbiamo passato insieme... Ognuno di voi avrà una vita piena di gioie e di delusioni, ma so che tutti porterete nell'anima il vostro prof... come un'impronta indelebile... Le sue battute fulminanti, la sua capacità di scrutare i cuori, la sua attenzione vigile verso ognuno di voi... Questo è stato il nostro patto educativo, come mi piace chiamarlo... E un patto non si può sciogliere se non sono d'accordo entrambe le parti... E io, anche se dovessi morire, ragazzi, non lo scioglierò mai...

... magari gli anni che vi aspettano nel futuro saranno complicati e tristi... forse una terza guerra mondiale vi attende già al varco... o i cambiamenti climatici provocheranno tsunami che vi sommergeranno nelle vostre case... o magari delle disgrazie improvvise... dei dirigibili con terroristi pieni di nafta si schianteranno sul tetto della vostra casa... ma sapete già da ora in ogni caso... che il prof... a suo modo sarà lí con voi... sentirete risuonare la sua voce... che poi è la mia... voglio dire... la sentirete risuonare dentro una specie di cassa interna... che pomperà dentro di voi quell'empatia che avete imparato a conoscere bene...

... ecco, anche se voi doveste fallire nella vita, anche se la vostra esistenza dovesse diventare un fiume fangoso di disastri esistenziali... relazioni fallite... il tunnel buio della droga... o anche delle disgrazie piú terribili... ecco io so... e voi sapete... che quella cassa che pompa empatia... dentro di voi... quella cassa... non smetterà mai... di farsi sentire... Forza ragazzi, il futuro vi aspetta!... Il prof è con voi...

Il tempo solare è finito. L'anno di scuola andato. Non ci sono piú mesi né stagioni. Incido questo file audio e lo metto insieme agli altri in una chiavetta che ho deciso di seppellire nel vaso di gerani sul mio terrazzo... Quando lo troverete, vuol dire che forse mi è successo qualcosa, o forse che io sono sparito per un po'...

... chissà chi ascolterà questo file... forse i miei stessi studenti fra qualche mese... chissà... i miei studenti mentre già sono alle prese con le spire maligne dell'università... m'immagino un giorno d'autunno... l'aria sarà sfrizzante... e loro verranno a trovarmi qui a casa... e magari scaveranno tra i vasi del terrazzo per buttare una cicca... ed ecco che troveranno questo strano inaspettato tesoro... ma il vero tesoro sarà quando riascolteranno, come se il tempo non si fosse mai fermato, la voce del loro prof... O forse qualcuno... un bambino che si avventurerà in questa casa fra dieci anni... io mi sarò trasferito... sarò in Etiopia a insegnare rudimenti di civiltà a delle popolazioni primigenie... con un progetto internazionale... e insomma, questo bambino... mentre magari sta giocando con le macchinine sul balcone... troverà questa chiavetta... andrà da sua madre... e dirà: «Mamma, guarda, il messaggio di un marziano»... bambino... io non sono un uomo venuto dallo spazio lontano... io sono un uomo che già allora... già allora, bambino... in un passato piú vicino di quello che tu credevi, io già captavo l'essenza del futuro... immagino come sarà la tua società, bambino... la tecnologia si sarà mangiata ogni cosa... senza pensare al cuore della gente... la società farà perdere l'amore per la conoscenza...

... se non lo coltiveremo noi, bambino, tutto sarà a catafascio... gli insegnanti come me saranno perseguitati e si nasconderanno nei condotti fognari... saranno costretti a parlare di Platone tra gli escrementi liquidi che intanto ci sommergeranno... millenni di storia verranno spazzati via dalla mancanza di empatia che avrà afflitto la gente... soltanto pochi esseri umani... come degli eletti... soltanto pochissimi sopravviveranno... e magari... tra quegli eletti... bambino del futuro... ci potresti essere tu... Per questo uso questo tono solenne: bambino, conserva queste parole che io ora ti ho lasciato in questo file audio come si conserva un fuoco d'inverno...

... saprai che c'è stato un professore che chiamavano Radar... sí, Radar, per la sua capacità di captare gli eventi... fai conoscere la mia voce... se questo servirà a ristorare altre anime... recluse e avviluppate su se stesse come saracinesche incastrate... Magari dalle tue parole genererà una nuova fiducia... se tu bambino del futuro sarai capace di coinvolgere altre persone... di afferrarli nel loro auto-chiudimento... e di spingerli verso un nuovo sogno...

... a tutti questi bambini e adulti con cui tu, magari, riuscirai a parlare... mi piacerebbe che recapitassi un messaggio che ho pensato appositamente per loro... Mi piacerebbe... come piccolo sacrificio che però penso di dover fare... concedervi un'investitura col mio nome... Voi vi chiamerete i Radariani... Sí, i Radariani, una stirpe indomita... che ha ricevuto da un prof misconosciuto degli inizi del nuovo millennio... il compito di resistere... i Radariani faranno ripopolare il nostro pianeta... ma non solo di persone... bensí di anime capaci di captare... captare il senso dell'esistenza... e sottilmente trasmetterlo al mondo... come una grande stereofonia... uomini che parlano con il mondo... sibilando bzzz... bzzzz... come un ronzio... di pura telepatia... galattica... interstellare...

Dedica.

(Alle persone capaci di essere critiche, da cui ho imparato, e dalle quali continuo a imparare).

Ringraziamenti.

Ci sono molte persone che hanno avuto a cuore questo libro, tra cui: Alessandro Gazoia, Vincenzo Latronico, Marco Peano.

Ci sono molte persone che, nel frattempo, hanno avuto a cuore questo autore, tra cui: Claudia Ricci, Giona Mason, Paolo Pecere, Veronica Raimo, Nicola Lagioia, Francesca Jacovitti, Francesco Longo, suor Fulvia Sieni e il Monastero dei Santi Quattro Coronati, Marcella Desideri, Gianluigi Di Cesare, Alessandro Imbriaco, Carlo Marcolin, Francesca Coin, Giuseppe D'Ottavi, Silvia Fortunati, Emma Abate, Laura Buffoni, Janek Gorczyca, Claudio Morici, la redazione di «minima et moralia», Veronica Cruciani, Vanessa Roghi.

Sono in debito con i miei colleghi e i miei studenti dell'Istituto San Giuseppe al Casaletto di Roma.

Indice

p. 3 Settembre
19 Ottobre
53 Novembre
91 Dicembre
133 Gennaio
153 Febbraio
177 Marzo
193 Aprile
227 Maggio
245 Giugno
265 Luglio

Stampato per conto della Casa editrice Einaudi
presso ELCOGRAF S.p.A. - Stabilimento di Cles (Tn)

C.L. 22276

Ristampa   Anno

1   2   3   4   5   6   2015   2016   2017   2018